रोचक बोधकथाएँ

रोचक बोधकथाएँ

प्रस्तुतकर्ता

दुलीचंद जैन 'साहित्यरत्न'

प्रकाशक

प्रभात पेपरबैक्स

4/19 आसफ अली रोड, नई दिल्ली-110002
फोन : 23289777 • हेल्पलाइन नं. : 7827007777

इ-मेल : prabhatbooks@gmail.com ❖ वेब ठिकाना : www.prabhatbooks.com
संस्करण

प्रथम, 2019

मूल्य

दो सौ रुपए

अ.मा.पु.स. 978-93-5322-543-8

मुद्रक

आर-टेक ऑफसेट प्रिंटर्स, दिल्ली

ROCHAK BODHKATHAYEIN

Stories by Shri Dulichand Jain 'Sahityaratna'

Published by **PRABHAT PAPERBACKS**

4/19 Asaf Ali Road, New Delhi-110002

ISBN 978-93-5322-543-8

₹200.00

मुझे यह पुस्तक
मेरे आत्मीय मित्र **श्री सुरेश कांकरिया**
को समर्पित करते हुए हर्ष है।
श्री सुरेश एक श्रेष्ठ विद्यालय एवं
तीन महाविद्यालयों के संचालन में निरत हैं
तथा मेरे साथ शिक्षा एवं समाज-सेवा के
कार्यों में गहराई से जुड़े हुए हैं।
यह पुस्तक उनकी प्रेरणा से ही
लिखी गई है।

अपनी बात

मुझे 'रोचक बोधकथाएँ' पुस्तक प्रस्तुत करते हुए हर्ष हो रहा है। पिछले पच्चीस वर्षों से मैं अनेक शिक्षण संस्थाओं को मूल्य आधारित शिक्षा प्रदान करने के काम में लगा हुआ हूँ। मैंने महसूस किया है कि बोधप्रद कहानियों के द्वारा विद्यार्थियों को सुसंस्कृत किया जा सकता है। इसी दृष्टि से मैंने मानवीय जीवन मूल्यों पर अनेक कहानियों को संकलित किया है। उनमें से लगभग 100 छोटी-बड़ी बोधकथाएँ एवं दृष्टांत इस पुस्तक में प्रस्तुत किए गए हैं।

मैंने सरल भाषा में इस पुस्तक को लिखने का प्रयास किया है। इसमें महापुरुषों के जीवन-चरित्र के कुछ प्रेरक प्रसंग भी हैं, जो नई पीढ़ी को निश्चित ही मार्गदर्शन प्रदान करेंगे। यह पुस्तक विद्यालयों एवं महाविद्यालयों के विद्यार्थियों, नवयुवकों एवं स्वाध्यायियों के लिए विशेष उपयोगी है।

यद्यपि ज्ञान को प्राप्त करने की अनेक सीढ़ियाँ हैं, पर बचपन में कहानियों के माध्यम से वहाँ सरलता से पहुँचा जा सकता है। हितोपदेश, पंचतंत्र, आगम आदि की कहानियों के लोकप्रिय होने का यही कारण है। इस संकलन की सभी कथाएँ सामाजिक एवं आध्यात्मिक विचारों का पोषण करती हैं। कथाओं का स्वरूप घटनाप्रधान होने के कारण ये सामान्य बालक-बालिका एवं महिलाओं को भी आसानी से समझ में आ जाती हैं।

ये सभी कहानियाँ हृदयस्पर्शी हैं। इनको पढ़ने में अधिक समय नहीं लगता

तथा इनमें कुछ-न-कुछ शिक्षा रहती हैं, जो पाठक के हृदय को स्पर्श करती हैं। आशा है, यह पुस्तक आपको पसंद आएगी। कृपया आप अपना अभिमत अवश्य भेजें।

—दुलीचंद जैन 'साहित्यरत्न'

अनुक्रम

1

ज्ञान का सार

एक राजा था। उसके चार पुत्र थे। चारों युवा थे, रूपवान थे, पर थे अविवेकी और व्यसनों से ग्रसित। राजा उनके कारण बहुत दु:खी था; क्योंकि कहा भी है—

'रूप यौवन संपन्ना:, विशाल कुल संभवा:।
विद्याहीना: न शोभन्ते निर्गंधा इव किंशुका:॥'

अर्थात् रूप और यौवन से संपन्न एवं बड़े कुल में जन्म लेनेवाला व्यक्ति भी बिना विद्या के शोभा नहीं देता, जैसे कि किंशुक का फूल, जो देखने में तो सुंदर होता है, पर जिसमें सुगंध नहीं होती।

राजा एक ऐसे पंडित को खोज रहा था, जो उन पुत्रों को सही शिक्षा देकर सन्मार्ग पर ले आए। उसने घोषणा की कि जो भी पंडित मेरे पुत्रों को सही शिक्षा प्रदान कर सकेगा, उसे मैं मुँहमाँगा इनाम दूँगा। अनेक पंडित उसकी घोषणा सुनकर आए और उन्होंने कहा कि हम आपके पुत्रों को सही शिक्षा दे सकेंगे। राजा ने एक दिन उन सब पंडितों की परीक्षा लेने का निश्चय किया और कहा कि आप किस प्रकार की शिक्षा मेरे लड़कों को प्रदान करेंगे, यह राजसभा में आकर स्पष्ट करें।

राजा द्वारा सुनिश्चित तिथि को अनेक पंडित उसकी सभा में आए। राजा ने उनका बड़ा सम्मान किया और कहा कि मैं आप में से प्रत्येक को मात्र पाँच मिनट का समय देता हूँ, उसी में आप स्पष्ट करें कि आप किस प्रकार की शिक्षा मेरे पुत्रों को प्रदान करेंगे। राजा की बात सुनकर पंडित लोग आश्चर्यचकित रह गए, क्योंकि वे तो बहुत बड़ी तैयारियाँ करके आए थे, बहुत सी पोथियाँ अपने

साथ राजा को समझाने लाए थे, पर पाँच मिनट में संपूर्ण ज्ञान का सार कैसे समझाया जाए? आखिर एक पंडित उठा और उसने कहा कि मैं समूचे ज्ञान का सार मात्र एक श्लोक में समझा सकता हूँ। राजा की अनुमति पाकर उसने निम्न श्लोक सभा को सुनाया—

'मातृवत् परदारेषु, परद्रव्येषु लोष्ठवत्।
आत्मवत् सर्वभूतेषु, य पश्यति सः पंडितः॥'

अर्थात् अपनी स्त्री के अतिरिक्त प्रत्येक अन्य स्त्री को अपनी माँ और बहन के तुल्य मानना, अन्य व्यक्ति के धन को पत्थर के तुल्य मानना तथा प्रत्येक प्राणी को अपनी आत्मा के तुल्य मानना, यही ज्ञान का सार है। जो इसे समझ लेता है, वही ज्ञानी है, वही सच्चा पंडित है।

उस पंडित ने एक ही श्लोक में प्रेम, दया, स्व-स्त्री संतोष, इच्छा-नियंत्रण इत्यादि अनेक सद्गुणों का वर्णन कर दिया, जो मनुष्य की आत्मा को अधोगति से ऊर्ध्वगति की ओर ले जाते हैं। राजा यह श्लोक सुनकर बहुत प्रसन्न हुआ। उसने सोच लिया कि जो पंडित मात्र एक ही श्लोक में इतना श्रेष्ठ ज्ञान दे सकता है, उसके सान्निध्य में रहकर अवश्य ही मेरे लड़के जीवन की सही शिक्षा प्राप्त कर सकेंगे तथा दुर्गुणों से मुक्त हो सकेंगे। अतः उसने उस पंडित को बहुत सारा इनाम देकर अपने पुत्रों का शिक्षक नियुक्त कर दिया।

□

2

भय पीछे छोड़ आया

नाथ संप्रदाय के गुरु मत्स्येंद्रनाथ को उनके एक भक्त ने उनकी झोली में सोने की एक ईंट रख दी। उनके साथ उनके शिष्य गोरखनाथ थे।

गुरु-शिष्य चलते-चलते जब एक जंगल के पास पहुँचे, तब गुरुजी बोले, "गोरख! आगे कुछ भय तो नहीं है?" गोरख ने नम्रता से कहा, "नहीं, गुरुदेव! हम फकीरों को भय क्या और कहाँ है?"

कुछ ही दूर आगे बढ़े होंगे। गुरुजी ने फिर वही प्रश्न दुहराया, "आगे भय तो नहीं है?"

पुनः-पुनः उसी प्रश्न को सुनकर शिष्य को कुछ संदेह हुआ। जब गुरुजी शौचार्थ गए, तब उसने झोली सँभाली तो उसमें मिली सोने की ईंट देखकर शिष्य चौंका। सोचा-बस, यही भय है। बिना कुछ सोचे उस ईंट को तपाक से पास के कुएँ में डाल दिया। झोली भी गुरुजी को हलकी न लगे, इसलिए एक मिट्टी की ईंट झोली में डाल दी।

गुरुजी शौच-क्रिया से निवृत्त होकर आए। झोली उठाई और आगे चल दिए। कुछ ही दूर चले होंगे, फिर पूछा, "गोरख! आगे भय तो नहीं है?"

गोरख मुसकराते हुए बोले, "नहीं, गुरुदेव! आगे भय कहाँ-भय तो मैं पीछे ही कुएँ में डाल आया।"

सहमे-सहमे से गुरुजी ने जब शिष्य की ओर देखा, तब शिष्य ने सारा ईंट-पुराण पढ़ दिया। अब गुरुजी की समझ में आया, 'भय माया का ही है।'

□

3

शील ही है सर्वश्रेष्ठ

भक्त प्रह्लाद हिरण्यकश्यपु के पुत्र थे। उनकी मृत्यु के बाद राजगद्दी पर बैठे। वे एक न्यायी राजा थे। उन्होंने 'इच्छादान' यज्ञ किया। इस यज्ञ में याचक जो भी माँगे, उसे दिया जाता था। राजा इंद्र ने देवताओं की सभा में प्रह्लाद की प्रशंसा की। कुछ देवताओं ने उनकी परीक्षा लेने का विचार किया। वे ब्राह्मणों का वेश बनाकर उनके घर पर आए।

पहला ब्राह्मण बोला—मुझे आपका धन चाहिए।

प्रह्लाद ने कहा—एवमस्तु। एक ज्योर्तिपिंड प्रकट हुआ। उसने कहा—मैं धन हूँ, आपको छोड़कर जा रहा हूँ। और वह चला गया।

दूसरा ब्राह्मण आया। उसने कहा—मुझे आपका शौर्य चाहिए। प्रह्लाद ने पुनः कहा—एवमस्तु। एक ज्योर्तिपिंड प्रकट हुआ और कहा—मैं शौर्य हूँ और मैं जा रहा हूँ।

फिर तीसरा ब्राह्मण आया। उसने कहा—मुझे आपकी राज्यसत्ता चाहिए। प्रह्लाद ने उसको भी कहा—एवमस्तु। एक और ज्योर्तिपिंड प्रकट हुआ। उसने कहा—मैं आपकी राज्यसत्ता हूँ। आपको छोड़कर जा रही हूँ।

फिर चौथा ब्राह्मण आया। उसने कहा—मुझे आपका शील चाहिए। प्रह्लाद ने कहा—शील वस्तु नहीं। वह तो मेरे स्वभाव का अंग है। उसे मैं कैसे दे सकता हूँ?

देवता अपने मूल रूप में प्रकट हुए और कहा—हम आपकी परीक्षा लेने आए थे। आप सफल हुए। उन्होंने उनका धन, शौर्य और राज्यसत्ता लौटा दी।

कहा भी है—

'शील रतन मोटा रतन, सब रतनों की खान।
तीन लोक की संपदा, रही शील में आन॥'

□

4

मात सी लागत नार पराई

रामायण का एक प्रेरक प्रसंग है। रावण सीताजी का हरण कर उनको लंका में ले गया। वहाँ उसने उनको अपने राजमहल में रखने का बहुत प्रयत्न किया, किंतु सीता ने उसे स्वीकार नहीं किया। वे नगर के बाहर उसकी अशोक वाटिका में एक तपस्विनी की तरह रहने लगीं। रावण ने उन्हें अनेक प्रकार के प्रलोभन दिए, वादा भी किया, मैं आपको अपनी पटरानी बना दूँगा, लेकिन सीता ने उसकी तरफ देखा भी नहीं। फिर उसने राक्षसी स्त्रियों को भेजकर उन्हें बहुत डराया-धमकाया, पर वे थोड़ी भी भयभीत नहीं हुईं। एक दिन वह अपनी पत्नी धन्यमाली के साथ उनके पास आया। धन्यमाली ने सीताजी के समक्ष रावण के वैभव व उसकी सिद्धियों का वर्णन किया और कहा कि संसार की सारी भौतिक शक्तियाँ उसके अधीन हैं, यहाँ तक कि सभी देवता उसकी सेवा में विद्यमान रहते हैं। उसने सीताजी से आग्रह किया कि आप राजमहल में पधारें, आपको सब प्रकार का वैभव प्राप्त होगा और हम सब रानियाँ आपकी सेवा करेंगी। लेकिन धन्यमाली भी सीताजी को मनाने में सफल नहीं हुई, उलटे सीताजी ने उससे कहा, "आप अपने पति को समझाएँ कि वह पराई स्त्री की तरफ नजर नहीं डाले, नहीं तो उसका सर्वनाश हो जाएगा।" सीताजी ने फिर कहा, "अगर वह इतना पराक्रमी है तो मुझे छलपूर्वक भगाकर यहाँ क्यों लाया है ? यह तो बड़ी कायरता का काम है। उसे तो पता होगा कि मेरे पति कितने बहादुर हैं! उन्होंने उसके भाइयों खर और दूषण के साथ चौदह हजार राक्षसों को अकेले ही हताहत कर दिया था। अत: उसका हित इसी में है कि वह मुझे सकुशल मेरे पति के पास पहुँचा दे।" धन्यमाली सीताजी के उत्तर और तेज से हतप्रभ हो गई।

रावण ने धन्यमाली से पूछा कि अब क्या उपाय करना चाहिए? बहुत विचार करने के बाद धन्यमाली को एक उपाय सूझा। उसने कहा, "पतिदेव! आप तो नाना प्रकार के वेश बदलने में पारंगत हैं, आप राम का ही वेश बनाकर क्यों नहीं सीता के पास चले जाते? सीता राम का वेश देखते ही दौड़ती हुई आपकी बाँहों में आ जाएगी और आपकी मनोकामना पूर्ण कर देगी। पत्नी की बात सुनकर रावण गंभीर हो गया। उसने कहा, "यह प्रयास भी मैं करके देख चुका हूँ, पर इसमें भी असफल हो गया हूँ।" धन्यमाली ने कारण पूछा तो उसने कहा, "प्रिय जब-जब मैंने राम का रूप बनाने का प्रयत्न किया, तब-तब मुझे पराई स्त्री 'माँ' के समान लगने लगी और मेरी माया असफल हो गई। 'राम को रूप बनावत हूँ, तब मात सी लागत नार पराई'।"

संतगण कहते हैं कि राम का नाम विचार में भी आता है तो काम-वासना मन से दूर हो जाती है। अत: राम का रूप उस प्रकार का चमत्कार उत्पन्न कर दे तो इसमें आश्चर्य ही क्या है?

□

5

इंद्रियों का दास

इंद्रियों को वश में करना बड़ा कठिन है। 'कठोपनिषद्' में कहा गया कि यह जीवात्मा इस शरीर रूपी रथ का स्वामी है। बुद्धि या विवेक उस रथ का सारथी यानी रथ को चलानेवाला है। पाँचों इंद्रियाँ (आँख, नाक, कान, जिह्वा और स्पर्श) इस रथ के घोड़े हैं। मन के पास इन इंद्रियों की लगाम है। मन जब इन इंद्रियों को अपने नियंत्रण में रखता है तो वे उस रथ को मुक्ति के मार्ग की ओर ले चलती हैं, पर जब मन इंद्रियों के वशीभूत हो जाता है तो आत्मा दुर्गति की ओर चली जाती है तथा उसका पतन हो जाता है।

एक पौराणिक कथा में इसी बात को बड़े सुंदर ढंग से समझाया गया है। एक बार शिवजी और पार्वतीजी विमान से भ्रमण कर रहे थे। रास्ते में पार्वतीजी ने देखा कि एक बहुत ही सुरम्य उपवन है, जहाँ का वातावरण बड़ा ही मोहक है। पार्वतीजी ने वहीं विमान रोकने को कहा और वे दोनों भ्रमण करने लगे। थोड़ी ही देर में पार्वतीजी ने देखा कि एक चारपाई के ऊपर एक बूढ़ा आदमी बैठा है, जो बहुत ही दुःखी तथा परेशान है। उनका मातृ-हृदय विह्वल हो उठा। उन्हें उस पर दया आ गई। उन्होंने शिवजी से कहा कि भगवान् आप इसका कष्ट दूर कर दें। शिवजी ने उसकी भाग्य रेखा देखी और कहा कि इसको सुखी करना असंभव है। यह विषयों का लोभी है तथा इसने बहुत पापाचार किए हैं। इसे अपने पापों का फल भोगने दो। पर पार्वतीजी नहीं मानीं। त्रिया-हठ के आगे शिवजी को भी झुकना पड़ा।

शिवजी ने उस आदमी से पूछा, "तुम मृत्यु चाहते हो या मुक्ति?" वह आदमी बोला, "भगवन्! मृत्यु कौन चाहता है? मैंने कर्म तो मुक्ति के नहीं किए

हैं, पर आप करुणासागर हैं, आपकी कृपा होगी तो मुझे मुक्ति अवश्य मिल जाएगी।"

शिवजी ने कहा, "मैं तुमको एक आम का फल देता हूँ। यह वास्तव में मंत्रित फल है। इसको खानेवाले व्यक्ति की बीमारी, दारिद्र्य व दुःख सदा के लिए दूर हो जाते हैं तथा वह मृत्यु से ग्रस्त नहीं होता। लेकिन मेरी एक शर्त है। इसे तुम 60 मिनट के बाद खाना। अगर तुमने इसे पहले खा लिया तो तत्काल मृत्यु को प्राप्त हो जाओगे।"

वह आदमी बड़ा खुश हुआ। "मुझे अमृत फल मिल गया, मैं बड़ा भाग्यशाली हूँ।" ऐसा कहकर वह नाचने लगा।

शिवजी की बात सुनते ही उसकी श्रवणेंद्रिय (कान) जाग्रत् हो गई। श्रवणेंद्रिय ने चक्षुरिंद्रिय (आँख) को इशारा किया। मीठा पका हुआ आम उसे आकर्षित करने लगा। लेकिन उसके अंतर्मन ने कहा, 'शिवजी ने एक घंटे के बाद फल खाने को कहा है। थोड़ा संयम रखो। अभी उसकी तरफ ध्यान मत दो।' पर चक्षुरिंद्रिय ने कहा, 'शिवजी ने फल खाने को मना किया है, सूँघने या देखने को नहीं।' और वह बार-बार उस फल को देखने लगा। ऐसा सुंदर पका हुआ फल उसने कभी नहीं देखा था।

इतने में 15 मिनट व्यतीत हो गए। तब तक चक्षुरिंद्रिय ने उसकी घ्राणेंद्रिय को इशारा कर दिया था। उसको उस फल की मीठी-मीठी सुगंध आने लगी। उसने सोचा, 'मुझे अभी यह फल खाना नहीं है, पर देखने और सूँघने की तो मनाई नहीं है।' थोड़ी ही देर में उसकी स्पर्शेंद्रिय भी जाग्रत् हो गई। उसने सोचा, 'बिना स्पर्श किए फल की पहचान कैसे होगी? आम पका है या कच्चा, यह तो देखने से ही पता चलेगा। वह बार-बार उस फल को हाथ में लेने लगा। तब तक 30 मिनट व्यतीत हो गए। उसका अंतर्मन उसे पुनः धिक्कार उठा, 'तुम्हारे में इतना भी धीरज नहीं है। जब तुम्हें एक घंटे तक फल खाना ही नहीं है तो उसको देखने, सूँघने या स्पर्श करने की क्या आवश्यकता है? अगर तुम पर इंद्रियाँ हावी होती गईं तो तुम शीघ्र विनाश को प्राप्त हो जाओगे और नरकगामी बनोगे। अगर आधा घंटा और संयम रखोगे तो मुक्ति का आनंद प्राप्त करोगे।'

अब वह पुनः सचेत हो गया। उसने निर्णय ले लिया कि मैं आम की ओर

देखूँगा भी नहीं। थोड़ी देर में 40 मिनट व्यतीत हो गए। लेकिन अब उसकी इंद्रियाँ पुन: अधीर हो उठीं। आम की सुगंध उसकी नाक में प्रविष्ट हो गई और उसका हाथ उस फल को खाने को अधीर हो उठा। पुन: उसके अंतर्मन ने चेतावनी दी, 'अब तो मात्र पाँच मिनट बचे हैं। थोड़ा धीरज रखो, तुम मृत्यु पर विजय प्राप्त कर लोगे।' लेकिन इंद्रियाँ पुन: उसके मन पर हावी हो गईं। उसकी जिह्वा में आम का मीठा-मीठा स्वाद महसूस होने लगा। उसने सोचा कि मुक्ति और अमरता की बात केवल कल्पना है। मुक्ति को किसने देखा है? जबकि इंद्रियों का सुख तो जीवन की वास्तविकता है। जब तक जीओ, सुख से जीओ। इंद्रियों के भोग भोगो। इसी में जीवन की सार्थकता है, आनंद है। उसकी भोगेच्छा प्रबल हो उठी। सभी इंद्रियाँ पूर्ण जाग्रत् हो गईं। मन परास्त हुआ। उसने आम उठाया और पेट को अर्पण किया। तत्काल वह मृत्यु को प्राप्त हुआ।

जो व्यक्ति इंद्रियों के वशीभूत हो जाते हैं, उनका इसी प्रकार विनाश होता है।

□

6

आप क्या हैं डॉ. कलाम?

डॉ. कलाम भारत के राष्ट्रपति थे। वे विद्यार्थियों के सैकड़ों कार्यक्रमों को आयोजित करते थे तथा विद्यार्थियों के प्रश्नों का उत्तर देते थे। एक बार वेलूर में एक कार्यक्रम था। एक विद्यार्थी ने उनसे पूछा, "डॉ. कलाम, आप अपने आपको क्या मानते हैं? वैज्ञानिक, तमिल, भारतीय अथवा अच्छा मनुष्य?" कलाम ने उत्तर दिया, "मैं अच्छा मनुष्य बनने का प्रयास करता हूँ। एक अच्छे मनुष्य में बाकी सब गुण आ जाते हैं।"

□

7

माँ ने किया हृदय का परिवर्तन

सम्राट् अशोक की कहानी इतिहास में प्रसिद्ध है। वे बौद्ध धर्म के महान् प्रचारक थे तथा उन्होंने इस धर्म का सारे विश्व में प्रचार किया। कहते हैं कि भगवान् बुद्ध के अनुयायी बनने के पूर्व उनका अहिंसा में कोई विश्वास नहीं था।

वे एक महान् योद्धा थे। उन्होंने कलिंग का युद्ध लड़ा। यह एक भयानक युद्ध था, जिसमें दोनों ओर के हजारों योद्धा मारे गए थे। अशोक ने बड़ी वीरता से यह युद्ध लड़ा और विजय प्राप्त की थी। वहाँ से लौटने पर उनकी राजधानी में बड़ा भारी उत्सव मनाया गया और सारे नगर को सजाया गया। उनके सहयोगी राजाओं ने उनको बधाइयाँ दीं, उनका अभिनंदन किया। महोत्सव के बाद वे अपनी माँ से मिलने गए और उन्होंने उनको प्रणाम किया। उन्होंने देखा कि उनकी माँ के चेहरे पर कोई खुशी नहीं है। उन्होंने उम्मीद की थी कि उनकी माँ हर्षोल्लित होकर उनको आशीर्वाद देगी। गौर से देखने पर पता चला कि उनकी माँ की आँखों में आँसू हैं। उन्होंने पूछा, "माँ! क्या बात है, आज तुम्हारी आँखों में आँसू? आज तो तुम्हारा पुत्र कलिंग के युद्ध को जीतकर यशस्विता प्राप्त कर लौटा है। क्या तुम्हें पता नहीं है?" माँ ने कहा, "बेटा, मुझे सब पता है। तुम्हारे सैनिकों ने मुझे सब समाचार बताए हैं। मुझे यह जानकर बहुत खुशी हुई कि तुम विजयश्री प्राप्त कर सकुशल लौटे हो। लेकिन मैं उन माताओं के बारे में चिंतित हूँ, जिनके पुत्र युद्ध में मारे गए। तुम्हारे सैनिकों ने बताया कि ऐसा भयानक युद्ध आज तक नहीं लड़ा गया। हजारों नौजवान इस युद्ध में शहीद हुए। जब मैं उनकी विधवा पत्नियों व अनाथ बच्चों के बारे में विचार कर रही

थी, तब मेरा हृदय क्रंदन कर उठा और मेरी आँखों में आँसू आ गए। लेकिन तुम चिंता मत करो, मेरा आशीर्वाद हमेशा तुम्हारे साथ है।"

माता की बात को सुन महाराज अशोक चिंता में निमग्न हो गए। युद्ध की घटनाएँ एक-एक कर उनकी आँखों के सामने घूमने लगीं। वे स्वयं इस युद्ध की विभीषिका से विचलित हो उठे थे। अब वे विचार करने लगे कि युद्धों से राज्यों की समस्याओं का समाधान नहीं हो सकता। युद्ध के स्थान पर मनुष्य के हृदय को जीतना अधिक बड़ा है। माता के चिंतन ने उनके हृदय में विस्फोट कर दिया। उन्होंने संकल्प लिया कि आज से मैं युद्ध नहीं लड़ूँगा, लोगों के हृदय को जीतूँगा। वहाँ से वे भगवान् बुद्ध के पास गए तथा अहिंसा व करुणा के प्रचार में अपना जीवन समर्पित कर दिया। इतिहास में उनका नाम अमर हो गया और वे 'महान्' कहलाए।

□

8

जिह्वा की लोलुपता

आषाढ़ मुनि बाल्यावस्था में ही दीक्षित हो गए थे। वे रूप-गुण संपन्न थे। उन्होंने बेले-बेले का तप प्रारंभ कर दिया। एक दिन वे भिक्षा के लिए किसी गृहस्थ के घर पहुँचे। गृहिणी ने उस दिन मोदक बनाए थे। उसने श्रद्धापूर्वक एक बड़ा मोदक दे दिया। वे भिक्षा लेकर लौटने लगे। गली से बाहर आने पर सोचने लगे कि यह तो मुझे गुरु को अर्पित करना पड़ेगा। तपस्या के कारण उनको कई ऋद्धियाँ-लब्धियाँ प्राप्त हो गई थीं। वे वेश बदलकर पुनः उसी घर में गए। गृहिणी ने उन्हें एक और लड्डू दे दिया। वे पुनः घर से बाहर आए। यह लड्डू तो मुझे दीक्षा गुरु को अर्पित करना पड़ेगा। अत: थोड़ा घूमकर वेश बदलकर पुनः उसी घर में आए। गृहिणी ने सोचा—मेरा सौभाग्य है कि आज एक और संत भिक्षा के लिए पधारे हैं। उसने पूर्ण श्रद्धा से एक और मोदक दे दिया।

मुनि ने लौटते वक्त सोचा, यह मोदक भी मुझे बालमुनि को अर्पित करना होगा। अत: वे पुनः कुबड़े का वेश बदलकर आए। गृहिणी ने पुनः श्रद्धापूर्वक एक और लड्डू दे दिया और वे वहाँ से जाने लगे।

उनको बार-बार रूप बदलकर भिक्षा के लिए आते हुए उस घर का स्वामी नट देख रहा था। वह चकित रह गया कि ये तो अद्‌भुत मुनि हैं। क्षण-क्षण में रूप बदल लेते हैं। हमें तो एक रूप बदलने में भी कितना परिश्रम करना पड़ता है। उनकी एक रूपवती कन्या थी। उन्होंने उसको इस मुनि को सम्मोहित करने को कहा। उसने मुनि से कहा, "आप कहाँ से पधार रहे हैं? हमें कृत-कृत्य कीजिए। हमारा सबकुछ आपके लिए समर्पित है।" मुनि उसके हाव-भाव से

फिसल गए और उन्होंने उस युवती से विवाह कर लिया। उस नट से उन्होंने थोड़े से समय में नटविद्या सीख ली।

एक दिन वे एक मजबूत रस्सी पर नट विद्या का प्रदर्शन कर रहे थे। सैकड़ों लोग उनके प्रदर्शन से चकित हो रहे थे।

तभी उनकी नजर पड़ोस के घर में पड़ी, जहाँ एक युवा सुंदर स्त्री एक मुनि को भिक्षा दे रही थी। मुनि की नजर थोड़ी भी उस स्त्री पर नहीं थी। वे तो विरक्त भाव से भिक्षा ले रहे थे। उनके मन में एक बदलाव आया, कहा, 'मैं भी पहले एक मुनि था और स्त्री के रूप में आसक्त होकर नट बन गया।' उन्हें पाश्चात्ताप हुआ और वे पुनः मुनि बनकर अपने गुरु के पास चले गए।

□

9

गांधीजी कैसे महान् बने?

मोहनदास करमचंद गांधी महात्मा थे, महापुरुष थे। उन्हें आधुनिक भारत का कर्णधार माना जाता है, लेकिन वे महान् कैसे बने, इसके पीछे एक छोटी सी घटना है। सन् 1887 की बात है। मोहनदास उस समय मात्र 18 वर्ष के थे और उन्होंने मैट्रिक की परीक्षा उत्तीर्ण की थी। उन्होंने भावनगर के सामलदास कॉलेज में प्रवेश लिया। वहाँ की पढ़ाई बड़ी कठिन थी और उसमें उनका मन नहीं लगता था। उस समय उनके परिवार के एक मित्र मालजी दवे उनकी माताजी के पास आए। उन्होंने उनको सुझाव दिया कि वे मोहन को इंग्लैंड भेज दें। वहाँ से वह तीन वर्ष में बैरिस्टर बनकर आ जाएगा और भारत में अच्छी वकालत जमा लेगा। उनका लड़का केवलराम हाल में पढ़ाई समाप्त करके लौटा था।

उनका यह सुझाव सुनकर मोहनदास बहुत आनंदित हुए। उनके बड़े भाई को भी यह प्रस्ताव पसंद आया, पर उनकी माता को चिंता हो गई। उन्होंने सुन रखा था कि विलायत में जाकर लोग चरित्र भ्रष्ट हो जाते हैं। वहाँ के लोग शराब के बिना तो रह ही नहीं सकते तथा सभी लोग मांसाहार करते हैं। उन्होंने अपनी चिंता मोहन को बताई। मोहनदास ने कहा, "क्या तुमको मुझ पर विश्वास नहीं है? मैं तुमसे झूठ नहीं बोलता। मैं शपथ लेता हूँ कि मैं ये सब दुष्कृत्य नहीं करूँगा।" लेकिन उनकी माँ को तस्सली नहीं हुई। उन्होंने कहा, "मैं तुम पर यहाँ भारत में तो विश्वास कर सकती हूँ, पर समुद्र पार के उस देश में कैसे विश्वास करूँ?" तब मोहनदास ने उनके परिवार के एक और मित्र बेचरजी स्वामी से संपर्क किया। वे हाल ही में जैन साधु बने थे। हालाँकि गांधीजी की

माता वैष्णव परिवार की थीं, पर गुजरात में जैन धर्म का व्यापक प्रचार होने के कारण जैन साधु-साध्वियाँ उनके घर पर आते रहते थे और उन पर उनकी बहुत श्रद्धा थी। ये साधु-साध्वी जनसामान्य को सब प्रकार के व्यसनों से दूर रहने की प्रेरणा देते थे। गांधीजी की माताजी बेचरजी स्वामी से मिलीं। उनसे मोहनदास ने शराब, मांसाहार व परस्त्री-गमन से आजीवन दूर रहने की प्रतिज्ञाएँ लीं। हालाँकि मोहनदास को उन प्रतिज्ञाओं के पालन में अनेक कठिनाइयों का सामना करना पड़ा, पर उन्होंने सच्चे दिल से इन प्रतिज्ञाओं का पालन किया। इससे उनकी जीवन-दृष्टि में क्रांतिकारी परिवर्तन आया। कालांतर में वे अहिंसा और शांति के अग्रदूत बने और महानता प्राप्त की।

□

10

माता मदालसा

प्राचीन भारत में जो महान् तेजस्वी नारियाँ थीं, उनमें माता मदालसा का नाम भी सुविख्यात है। उनके पति का नाम था, कुवलयाश्च। युवावस्था में ही वे एक प्रतापी राजा बन गए थे। एक दिन मंदिर में उन्होंने एक सुंदर युवती को देखा, जो अपनी माँ के साथ आई हुई थी। वे उस युवती पर मुग्ध हो गए। उन्होंने उसकी माँ से कहा, "मैं यहाँ का राजा हूँ और आपकी लड़की से विवाह करना चाहता हूँ।" उसकी माँ ने कहा, "महाराज, मेरी बेटी विवाह न करने का निर्णय कर चुकी है।" राजा उदास हो गया, तब उस लड़की ने कहा, "राजन! मैं एक शर्त पर आपसे विवाह कर सकती हूँ।" राजा ने पूछा, "क्या है तुम्हारी शर्त ?"

वह लड़की, जिसका नाम मदालसा था, बोली, "मैं जो कुछ भी करूँ, उसे देखना, पर मुझे रोकना मत।" राजा ने शर्त स्वीकार कर ली।

मदालसा रानी बनकर राजमहल में आ गई। राजा उसे किसी भी कारण से नहीं रोकता था। कुछ वर्षों बाद उसने एक पुत्र को जन्म दिया, नाम रखा श्रावणगिरि। उसके मन में अच्छे भाव भरने के लिए वह उसे लोरी सुनाती थी—

'शुद्धोसि सिद्धोसि निरंजनोऽसी
संसार माया परिवर्जितोऽसि।
न मेऽसि कश्चिन्न न कस्य चाहम्
निरस्त निःशेषित बंधनोऽसि॥'

अर्थात् तुम शुद्ध हो, तुम सिद्ध हो, तुम निर्मल हो, तुम सदैव संसार की माया से निर्लिप्त रहना आदि। इस प्रकार वह उसको अध्यात्म के सुंदर संस्कार देती थी। बड़ा होकर वह लड़का संसार से विरक्त होकर जंगल में चला गया

तथा तपस्वी बन गया। थोड़े दिनों में रानी ने एक और पुत्र को जन्म दिया। राजा को चिंता थी कि उसका राज्य कार्य कौन सँभालेगा? उसे रोकना चाहा कि इस कुमार को संन्यासी नहीं बनाए। रानी ने विवाह की शर्त याद दिलाई। इस पुत्र का नाम था, सुबाहु। यह भी बड़ा होकर संन्यासी बन गया।

कुछ वर्षों बाद रानी ने तीसरे पुत्र को जन्म दिया। उसका नाम रखा, अलर्क। राजा को पहले ही पता था कि रानी इसे भी संन्यासी बना देगी। अत: उसने रानी से पहले ही प्रार्थना की कि इसे संन्यासी नहीं बनाना। रानी ने उसे गृहस्थ जीवन की शिक्षा दी। पर उसको शिक्षा समझ में नहीं आती थी।

कुछ वर्षों बाद राजा और रानी तीसरे पुत्र अलर्क को राज्य सौंपकर वन में चले गए। चलते समय रानी ने पुत्र को एक अँगूठी दी। इस अँगूठी को एक रेशमी वस्त्र में बाँधकर उसमें एक उपदेश-पत्र बाँध दिया और कहा, "जब भी तुम पर कोई मुसीबत आए तो इसे खोलकर पढ़ लेना।"

अलर्क ने अँगूठी सँभालकर रख ली। पर वह विशाल साम्राज्य का स्वामी होने पर भी बहुत लालच में रहता था। प्रजा के प्रति अपने कर्तव्यों का पालन नहीं करता था। नगर के प्रमुख व्यक्ति मंत्री से मिले। मंत्री ने कहा, "राजा मेरी भी नहीं सुनता है। आप कुवलयाश्च से मिलें। उनसे अपना कष्ट कहें। शायद वे कुछ उपाय कर सकें।" कुछ प्रतिष्ठित व्यक्ति जंगल में आए और कुवलयाश्च एवं मदालसा से मिले। मदालसा ने अपने दोनों बड़े पुत्रों को बुलाया और कहा, "मैं आज तुम दोनों की परीक्षा लेना चाहती हूँ।" उन्होंने कहा, "आप आज्ञा दें।"

उसने उनको सभी निर्देश दिए और कहा कि तुम दोनों को अलर्क के पास जाना है और राज्य का हिस्सा माँगना है। माँ का कहा मान दोनों पुत्र राजमहल आए और अपने छोटे भाई से मिले। उन्होंने अलर्क को कहा, "तुम तो जानते हो, महाराज कुवलयाच के बड़े पुत्र हम हैं। अत: सिंहासन पर हमारा अधिकार है। यह राज्य हमें चाहिए।"

अलर्क ने कहा, "लेकिन आप लोग तो संन्यासी हैं! संन्यासियों को राजकार्य से क्या मतलब?"

श्रावणगिरि ने कहा, "हमने सुना है कि तुम राजकार्य से विमुख हो गए हो। अत: राजकार्य हमें सँभालना होगा।" तुम या तो राज्य हमें दो, नहीं तो हमसे युद्ध

करो। अलर्क नहीं माना। दोनों ने पड़ोस के राजाओं की सेना इकट्ठी की और अलर्क को हरा दिया।

अलर्क ने माँ की दी हुई अँगूठी को खोला। उसमें लिखा था, 'मोह, माया एवं आसक्ति को त्यागकर धर्म की शरण लो।' अलर्क ने जैसे ही पढ़ा, उसकी आँखें खुल गईं। उसने आत्मसमर्पण कर दिया। उसी समय मदालसा वहाँ आई। उसने कहा, "बेटा, इनको राज्य का लोभ होता तो ये संन्यास क्यों लेते? ये तो तुमको कर्तव्य-पथ पर लाना चाहते थे।" उसके बाद अलर्क प्रजा की भलाई में जुट गया। राज्य में पुनः खुशहाली आ गई। दोनों बड़े भाई माँ के साथ वन चले गए।

□

11

मेरा पेट कब्रिस्तान नहीं

नोबेल पुरस्कार विजेता नाटककार जॉर्ज बर्नाड शॉ शाकाहारी थे और शाकाहार के प्रबल समर्थक भी। एक बार वे किसी भोज में निमंत्रित होकर गए। भोज सामिष था। शॉ भी एक कुरसी पर बैठ गए। सबको भोजन परोसा गया। भोजन ग्रहण करते हुए अन्य लोगों ने जब शॉ को चुपचाप बैठे देखा तो कहा, "मिस्टर शॉ! जहाँ शाकाहारी भोजन की व्यवस्था न हो, वहाँ कभी-कभी सामिष भोजन करने में कोई हर्ज नहीं। आप भोजन ग्रहण कीजिए।"

इस पर शॉ ने कहा, "मेरा पेट पेट है, कब्रिस्तान नहीं कि इसमें मुरदों को स्थान दिया जाए।"

शॉ ने भोजन नहीं किया। उनके त्याग और इस सुंदर उत्तर से सभी निमंत्रित सज्जन चकित हो गए।

□

12

महान् दुष्कर व्रत

एक पंडितजी रोज प्रवचन दिया करते थे। वे कहते थे कि हिंसा का त्यागकर अहिंसा का पालन करना दुष्कर है, क्रोध को त्यागकर क्षमा का पालन करना दुष्कर है, परंतु अब्रह्म को त्यागकर ब्रह्मचर्य का पालन करना महादुष्कर है। उनका एक युवा शिष्य था, उसको यह महादुष्कर बात अच्छी नहीं लगती थी। कुछ समय बाद गुरु का देहांत हो गया और वह शिष्य उनके पाट पर बैठ गया। वह अपने व्याख्यान में सभी व्रतों को दुष्कर कहता है, लेकिन किसी भी व्रत को महादुष्कर नहीं कहता।

एक दिन उसी गाँव में एक सेठ और उसकी युवा पत्नी में झगड़ा हो गया और उसकी पत्नी गुस्से में घर से निकल गई। थोड़ी देर में रात्रि हो गई और वह रास्ता भटक गई। वह कोई सुरक्षित स्थान खोज रही थी। इतने में उसको संन्यासी का आश्रम नजर आया। एक दिन वह वहाँ गई हुई थी। उसने दरवाजा खटखटाया। साधु बाहर आया। उस स्त्री ने कहा, "बाहर वर्षा आ रही है, मैं एक रात आपके यहाँ ठहरना चाहती हूँ, मेरे पति ने मुझे घर से निकाल दिया है, आप कृपा करें, मैं सुबह वापस चली जाऊँगी।"

गुरु ने उसे एक कमरा दे दिया और खुद मंदिर में चला गया। थोड़ी देर में सोने पर संन्यासी का मन चंचल हो गया। उसने सोचा कि कितनी सुंदर युवा स्त्री है! मैं आज उसका आनंद ले सकता था! वह कमरे के पास गया और उस स्त्री को दरवाजा खोलने को कहा। उस स्त्री को नींद नहीं आई थी। वह पश्चात्ताप कर रही थी कि मैंने घर से निकलकर बड़ी भूल की। साधु ने कहा, "मुझे अपनी किताब लेनी है।" उसकी आवाज से उस स्त्री को लगा कि इसके मन में विकार

आ गया है। उसने साँकल जोर से बंद कर कहा, "अब दरवाजा नहीं खुलेगा।"

संन्यासी पर तो काम का भूत सवार हो गया था। वह मंदिर के ऊपर चढ़ा और पीतल का कलश उतारकर मंदिर में प्रवेश करने को उद्यत हो गया। कलश उतारकर वह छेद में कूदा पर छेद छोटा था, अत: कमर तक उसमें फँस गया और आधे नीचे और आधे बीच में ही लटक गया।

सवेरा होते ही वह युवती दरवाजा खोलकर अपने घर चली गई। थोड़ी देर बाद पंडितजी के भक्त आए। वे पंडितजी की यह दशा देखकर चकित हो गए। बड़ी मुश्किल से पंडितजी को निकाला और पूछा, आप कैसी कठिन तपस्या कर रहे थे? पंडितजी ने कहा, "आप मुझसे कुछ न पूछें। आज रात्रि को जो भयानक घटना घटित हुई, वह मैं बता नहीं सकता। एक युवती आई थी, लेकिन वह महा शील संपन्न थी। इसलिए मैं बच गया।" फिर उसने कहा कि मेरे गुरु ब्रह्मचर्य को महादुष्कर व्रत कहते थे, वह बात सही थी। मैं अपनी भूल को स्वीकार करता हूँ।

श्रीमद राजचंद्र ने 'आत्म-सिद्धि' में लिखा है—

'देखी ने नवयौवना, लेश न विषय-विकार।
गणे काष्ट नी पूतली, ते भगवान् समान॥'

ब्रह्मचर्य का पालन करना बहुत कठिन है। जो स्त्री को काठ की पुतली के समान समझते हैं, वे ईश्वरत्व को प्राप्त कर लेते हैं।

□

13

मन चंगा तो कठौती में गंगा

एक बार एक ब्राह्मण देवता कुंभ के मेले के अवसर पर गंगास्नान द्वारा अपने पापों को धो डालने के लिए घर से रवाना हुए। चलते-चलते वे गंगा के किनारे पहुँचे, पर उस समय उनकी जूतियाँ फट गई थीं। उन्हें सुधारने के लिए उन्होंने आसपास दृष्टि दौड़ाई तो देखा कि एक चमार वहीं रास्ते में बैठा हुआ जूते सील रहा था। उनका नाम रैदास था।

ब्राह्मण ने कहा—रैदास! मेरी जूतियाँ फट गई हैं, इन्हें सील दो। उन्होंने जूतियाँ सीलना शुरू किया। उस बीच ब्राह्मण से चुपचाप बैठा नहीं रहा गया। बोला—रैदास! तुम बड़े भाग्यवान हो कि गंगा तट के पास रहते हो। रोज ही गंगा स्नान करते होगे? रैदास बोले—महाराज! मैं सत्तर साल का हो गया, पर एक बार भी गंगा में स्नान करने नहीं गया। ब्राह्मण आश्चर्य से बोला—अरे! इतने पास होते हुए भी तुमने एक बार भी गंगा स्नान नहीं किया? बड़े पापी हो।

रैदास कुछ नहीं बोला और उन्होंने चुपचाप ब्राह्मण की जूतियाँ सीलकर दे दीं, परंतु जाते समय उन्होंने एक सुपारी ब्राह्मण को दी और कहा—महाराज! इतनी कृपा करना कि जब आप स्नान करें तो यह सुपारी मेरी ओर से गंगाजी को भेंट कर दें। ब्राह्मण हँसता हुआ चला गया।

जब ब्राह्मण गंगा स्नान करने लगा तो उसे सुपारी की याद आई और उसने कौतुहलवश यह कहते हुए सुपारी गंगा में डाल दी—गंगा मैया अपने महान् भक्त रैदास की यह भेंट स्वीकार करो, किंतु यह कहने के साथ ही उसकी आँखें फटी सी रह गईं, जब उसने देखा कि गंगा ने साक्षात् रूप धारण करके

एक हीरे का कंगन उसे दिया और कहा कि यह कंगन मेरी ओर से रैदास को उपहारस्वरूप दे देना।

कंगन पाकर ब्राह्मण की नीयत बदल गई। सोचा, चमार इस कंगन का क्या करेगा? वह ब्राह्मण सिर पर पैर रखकर दूसरे रास्ते से भाग चला और सीधा अपने घर पहुँचा। घर जाकर उसने ब्राह्मणी को कंगन दिखाया तो वह बोली—इसे राजा के पास ले जाकर बेच दो। इतने सुंदर कंगन का मुँहमाँगा दाम मिलेगा।

ब्राह्मण राजा के पास पहुँचा और कंगन दिखाया। राजा उस रत्नजड़ित, सुघड़ित एवं कलापूर्ण ढंग से बने कंगन को देखकर चकित और प्रसन्न हुआ। उसने ब्राह्मण को मुँहमाँगा धन देने का वायदा करके कंगन अंत:पुर में महारानी को दिखाने के लिए भेजा।

रानी ने कंगन देखा, वह बहुत प्रसन्न हुई और लानेवाले से कहा—महाराज से कहो कि वे इसकी जोड़ का दूसरा कंगन भी मँगवाएँ।

राजा ने ब्राह्मण को उसी क्षण दूसरा कंगन लाने का आदेश दिया। ब्राह्मण के तो देवता कूचकर गए। वह सिर धुनता हुआ घर आया और ब्राह्मणी से बोला—अब हमारी मौत आ गई है। अगर दूसरा कंगन नहीं मिला तो राजा मुझे मरवा डालेगा।

ब्राह्मणी ने सुझाव दिया—जाकर, रैदास चमार के हाथ-पैर जोड़ो, वह दूसरा कंगन गंगा माँ से मँगवा दे।

बेचारा ब्राह्मण फिर वहाँ से भागा और रैदास चमार के पास पहुँचकर उसके पैर पकड़कर बोला—रैदास! मैं महा अपराधी हूँ। गंगा मैया ने तुम्हारे लिए एक कंगन दिया था। लालचवश उसे ले जाकर मैंने राजा को बेच दिया। किंतु राजा ने दूसरा कंगन लाने की आज्ञा दी है। अगर अब तुम मेरी लाज नहीं रखोगे तो मैं बेमौत मारा जाऊँगा। भगवान् के लिए तुम मुझे एक सुपारी और दो, उसे तुम्हारे नाम से गंगाजी को प्रदान कर एक कंगन और माँग लूँगा।

रैदास चमार ने शांतिपूर्वक ब्राह्मण की बात सुनी और अपने सामने रखी हुई लकड़ी की कठौती में, जिसमें जूतों को लगाने के लिए पानी रखा था, हाथ डाला। एक पल में ही उसमें से दूसरा कंगन वैसा ही निकालकर ब्राह्मण के हाथ में थमा दिया।

ब्राह्मण साँस रोके हुए चमार की उस क्रिया को देख रहा था। भौचक्का होकर बोला—रैदास! इस कठौती में से कंगन कैसे निकल आया? पहलेवाला तो गंगाजी ने दिया था?

रैदास ने शांतिपूर्वक कहा—महाराज! 'मन चंगा तो कठौती में गंगा।' ब्राह्मण की आँखें खुल गईं। वह समझ गया कि यह प्रताप दृढ़ श्रद्धा का है। वह गद्गद होकर रैदास के चरणों में लोट गया और बोला—रैदास! सचमुच तुम्हें कभी गंगा-स्नान करने की आवश्यकता नहीं है।

□

14

कहानी अष्टावक्र की

प्राचीन काल में महर्षि उद्दालक एक श्रेष्ठ आचार्य थे। वे वेदों के महान् ज्ञाता थे। उनके कई शिष्य थे, जिनमें से एक का नाम कगोला था। वह बहुत बड़ा गुरुभक्त था, लेकिन था मंदबुद्धि। बहुत प्रयत्न करने पर भी ज्ञान उसकी स्मृति में स्थिर नहीं रहता था। इसके कारण आचार्य के अन्य शिष्य उसका उपहास करते थे, लेकिन वह उनकी परवाह नहीं करता था। विद्वान् न होते हुए भी उसकी विनयशीलता से प्रभावित होकर आचार्य ने अपनी विदुषी पुत्री सुजाता का विवाह कगोला से कर दिया। कुछ वर्षों के बाद सुजाता ने एक पुत्र को जन्म दिया। प्राय: संतान अपने पिता से ही गुणों को ग्रहण करता है, पर कगोला के पुत्र ने अपने नाना से गुणों को ग्रहण किया। सुजाता गर्भावस्था के समय से ही अपने मन में शुभ भावनाओं के संचय का प्रयत्न करती थी तथा सदैव प्रसन्नचित्त रहती थी। कहते हैं कि माता के गर्भ में ही उसके पुत्र ने वेदों का काफी ज्ञान प्राप्त कर लिया। लेकिन जब भी उसके पिता वेद मंत्रों का उच्चारण करते थे तो उनमें काफी गलतियाँ हो जाती थीं। उस समय यह बालक गर्भ में ही अपने शरीर को क्रोधित होकर मोड़ लेता था। इसका परिणाम यह हुआ कि जन्म लेते ही उसका शरीर आठ स्थानों पर टेढ़ा पाया गया। पिता ने इसी कारण से उसका नाम 'अष्टावक्र' रखा।

युवा होने पर अष्टावक्र ने वेदों व वेदांगों का गहन अध्ययन किया। वे साधनाशील व्यक्ति थे, धीरे-धीरे उन्हें ब्रह्म-ज्ञान प्राप्त हो गया। उनकी ख्याति सारे देश में फैल गई। मिथिला के राजा जनक ने उस समय एक विशाल विद्वत-सम्मेलन किया। देश भर के सुप्रसिद्ध विद्वानों को इसमें बुलाया गया।

आचार्य अष्टावक्र भी इसमें भाग लेने के लिए आए। जिस समय वे राजसभा में पहुँचे, वहाँ के प्रांगण के चिकने संगमरमर में उनका पाँव फिसल गया और वे धमाके के साथ गिरे। चूँकि ये आठ जगह से टेढ़े-मेढ़े अर्थात् कूबड़े थे, अत: सारे सभासद उनकी विचित्र आकृति व चाल को देखकर हँसने लगे। अष्टावक्र सँभलकर खड़े हो गए और उन्होंने जोर से अट्टहास किया। महाराज ने पूछा, "आचार्य! आप क्यों हँस रहे हैं?" आचार्य ने प्रत्युत्तर न देकर पूछा, "महाराज! आपके सभासद क्यों हँस रहे हैं?" महाराज ने कहा, "ये आपकी टेढ़ी चाल व विकृत शरीर को देखकर हँस रहे हैं।" अष्टावक्र ने कहा, "मैंने तो सुना था कि मिथिला नरेश की राजसभा में देश भर के श्रेष्ठ ज्ञानी पुरुष पधारेंगे, पर यहाँ आने पर पता चला कि यहाँ तो सभी चर्मकार इकट्ठे हो गए हैं। अत: मुझे हँसी आ गई।" राजा ने हैरानी से पूछा कि यह आप कैसे कहते हैं? अष्टावक्र ने उत्तर दिया, "जो लोग हाड़-चाम की जाँच-परख करते हों, वे और क्या हो सकते हैं? यदि ये ज्ञानी होते तो मेरे शरीर को न देखकर मेरी आत्मा के ज्ञान-सरोवर में झाँकने का प्रयत्न करते।" उनकी वाणी में इतना ओज था कि उसे सुनकर सारी सभा स्तब्ध रह गई। राजा ने क्षमा माँगते हुए नम्रता से कहा, "महर्षि! हमसे भूल हुई, कृपया आप आगे पधारकर आसन ग्रहण करें।"

ऋषि अष्टावक्र आसन पर बैठे। उन्होंने उस सम्मेलन में शरीर और आत्मा की भिन्नता पर प्रकाश डाला। उन्होंने कहा, "हे राजन! इस शरीर की विकृति के कारण इसके भीतर स्थित आत्मा विकृत नहीं होती। जो लोग आत्मवान् हैं, वे प्रत्येक व्यक्ति के भीतर स्थित अविनाशी तत्त्व पर ही दृष्टि रखते हैं, जो चिरंतन है।" राजा जनक उनकी विद्वत्ता से इतने अधिक प्रभावित हुए कि उन्होंने उनको स्थायी रूप से अपने यहाँ पर रहने का निमंत्रण दिया। आचार्य ने उसे स्वीकार कर लिया। कहते हैं कि राजा जनक के यहाँ पर ही आचार्य ने 'अष्टावक्र गीता' नामक महान् ग्रंथ की रचना की, जो अध्यात्म-विद्या का अत्युच्च ग्रंथ प्रसिद्ध हुआ। आचार्य अष्टावक्र से ही राजा जनक ने ब्रह्म-विद्या का श्रेष्ठ ज्ञान प्राप्त किया और वे विदेह (संसार में रहते हुए भी संसार से विरक्त) बने।

□

15

लालच और वैराग्य

भर्तृहरि जंगल में बैठे साधना में लीन थे। अचानक उनका ध्यान भंग हुआ। आँख खुली तो देखा, जमीन पर पड़ा एक हीरा सूर्य की रोशनी को भी फीकी कर रहा है। एक समय था, जब भर्तृहरि राजा थे। अनेक हीरे-मोती उनकी हथेलियों से होकर गुजरे थे, लेकिन ऐसा चमकदार हीरा तो उन्होंने कभी नहीं देखा था।

एक पल के लिए उनके मन में इच्छा जागी कि इस हीरे को क्यों न उठा लूँ। लेकिन चेतना ने, भीतर की आत्मा ने वैसा करने से इनकार कर दिया। लालच की उठी तरंगें भर्तृहरि के मन को आंदोलित नहीं कर सकीं। तभी उन्होंने देखा कि दो घुड़सवार घोड़ा दौड़ाते हुए चले आ रहे हैं। दोनों के हाथ में नंगी तलवारें थीं। दोनों की नजर उस हीरे पर पड़ी। दोनों ही उस पर अपना हक बता रहे थे। जुबानी कोई फैसला न हो पाया, तो दोनों आपस में भिड़ गए। तलवारें चमकीं और एक क्षण बाद भर्तृहरि ने देखा कि जमीन पर लहूलुहान पड़ी दो लाशें। हीरा अपनी जगह पड़ा, अब भी अपनी चमक बिखेर रहा था।

लेकिन इतने समय में ही बहुत कुछ हो गया। एक के मन में लालच उठा, किंतु वह वैराग्य को पुष्ट कर गया और दो व्यक्ति, जो कुछ क्षण पहले जीवित थे, एक निर्जीव पत्थर के लिए उन्होंने अपने प्राण न्योछावर कर दिए। धरती पर पड़ा हीरा नहीं जानता कि कोई उससे आकर्षित हो रहा है! यही स्थिति हमारी है। धरती पर ऐसा कुछ भी नहीं, जिसकी आसक्ति हममें होनी चाहिए, लेकिन हम हैं, जो आसक्ति में उलझे रहते हैं और खोते रहते हैं अपना बहुत कुछ, थोड़ा पाने की लालसा में।

□

16

एक लोटा पानी

सन् 1938 की बात है। नेहरू परिवार के निवास 'आनंद भवन' में कांग्रेस कार्यसमिति की मीटिंग थी। रोज के नियम के मुताबिक मीरा बहन (मिस स्लेड) ने गांधीजी के सामने मुँह धोने के लिए पानी का एक लोटा रख दिया। उसी समय जवाहरलाल नेहरू कोई जरूरी बात करने के लिए गांधीजी के पास आए। बात करते-करते पानी खत्म हो गया, लेकिन मुँह धोने का काम पूरा नहीं हुआ। मीरा बहन ने दुबारा लोटा भरकर गांधीजी के सामने रख दिया। बातचीत में ही गांधीजी चुप हो गए। चेहरे पर गंभीर मुद्रा छा गई। जवाहरलाल ने पूछा, "बापू क्या हुआ, चुप क्यों हो गए?"

गांधीजी ने कोई उत्तर नहीं दिया तो जवाहरलाल और उत्सुक हो गए। दुबारा वही सवाल पूछा। तब बापू ने कहा, "आज मुझसे गलती हो गई। रोज मैं एक लोटे पानी से मुँह धोने का काम पूरा कर लेता हूँ, आज बात करते-करते ध्यान नहीं रहा, दो लोटे पानी इस्तेमाल करना पड़ा।"

जवाहरलालजी मुसकराए, "बापू, एक लोटा पानी अधिक खर्च हो गया तो क्या हुआ? इसकी इतनी चिंता क्यों?" यहाँ तो गंगा-जमुना दो-दो नदियाँ बहती हैं।"

गांधीजी बोले, "गंगा-जमुना यहाँ बहती हैं, यह ठीक है, लेकिन वे केवल मेरे लिए नहीं बहतीं। सैकड़ों मील तक उनके दोनों तटों पर जो लाखों प्राणी, पेड़-पौधे हैं, उन सबका हिस्सा इस पानी में है। मेरा धर्म उतना ही पानी इस्तेमाल करने को कहता है, जितना आवश्यक हो।"

□

17

डाकू का हृदय परिवर्तन

एक गाँव में एक रईस रहता था। उसके अस्तबल में बहुत घोड़े थे। उनमें एक सफेद घोड़ा बहुत तेज दौड़नेवाला था। सब लोग उसकी प्रशंसा करते थे। एक दिन एक डाकू की उस पर नजर पड़ी। वह रात को उसके पास आया। उसने कहा, "यह घोड़ा मुझे दे दो।" रईस ने मना कर दिया। डाकू एक दिन लँगड़े वेश में भिखारी बना। जब रईस किसी गाँव जा रहा था, तब वह बोला, "बाबा, मुझे भी अगले गाँव जाना है, आप मुझे छोड़ने की कृपा करें।" रईस ने कहा, "ठीक है, तुम भी पीछे बैठ जाओ।" थोड़ी देर में रईस को प्यास लगी। वह एक प्याऊ के पास रुक गया। इतने में तो वह डाकू घोड़े को लेकर चला गया। रईस ने उसको आवाज दी, लेकिन उसने कहा, "मैं वही डाकू हूँ, जिसने तुमसे घोड़ा माँगा था। तुमने घोड़ा नहीं दिया। क्या कभी सीधी उँगली से घी निकलता है?" रईस ने कहा, "बाबा, यह घोड़ा तो तुम चाहे ले जाओ, लेकिन यह बात तुम किसी को मत कहना।" डाकू ने पूछा, "क्यों?" रईस ने कहा, "फिर कोई किसी लँगड़े भिखारी पर भरोसा नहीं करेगा।"

डाकू के हृदय का भाव बदला। उसने घोड़े को उस रईस को वापस कर दिया।

□

18

सिकंदर जब गया दुनिया से

सिकंदर विश्व-विजय को निकला। भारत में भी आया। अनेक देशों की संपत्ति लूटी। सैकड़ों ऊँटों में धन-संपत्ति भरकर अपने देश ले जा रहा था। रास्ते में भयंकर बीमार पड़ा। जीने की आशा नहीं बची। उसने अपने वजीर को हुक्म दिया, 'हमारी सारी संपत्ति हमें दिखाई जाए' वजीर ने एक तरफ सभी रानियों और बांदियों को इकट्ठा किया। दूसरी तरफ हाथी, घोड़े, रथ और सेना के अधिकारियों को बुलाया। तीसरी तरफ हीरे, माणिक, नीलम, पन्ने तथा सोने-चाँदी का ढेर रखा। चौथी तरफ पैदल सेना को बुलाया। सुलतान एक-एक चीज को ध्यान से देखता रहा। उसने अधीर होकर पूछा, "इनमें से कौन सी दौलत मेरे साथ जाएगी?" वजीर ने उत्तर दिया, "आपके पुरखे भी अपनी धन-दौलत यहीं छोड़कर गए थे, आपको यहीं छोड़नी पड़ेगी। एक सुई भी आपके साथ नहीं जाएगी।" सुलतान फूट-फूटकर रो पड़ा। कहा, "ढिंढोरा पीट दो। जब मेरा जनाजा निकले तो मेरे दोनों हाथ खुले कर बाहर कर देना और घोषणा करना कि महमूद ने जितनी दौलत लूटकर इकट्ठी की है, वह यहीं छोड़कर खाली हाथ जा रहा है।"

इकट्ठे कर जहाँ के जर, सारी दुनिया के मालिक थे।
सिकंदर जब गया दुनिया से, दोनों हाथ खाली थे॥

□

19

नचिकेता

ऋषि वाजश्रवा ने विश्व-जीत यज्ञ प्रारंभ किया। इस यज्ञ की विशेषता थी कि इसमें जो भी देने का वादा किया जाता था, वह अवश्य देना होता था। वाजश्रवा ने बहुत सारे धन एवं संपत्ति को समर्पित किया। फिर उसने बहुत सी गायों को देना प्रारंभ किया। उनमें से बहुत सी लूली-लँगड़ी और अपाहिज गायें थीं। उसका पुत्र पिता को देख रहा था। उसने सोचा, इस यज्ञ में तो उत्तमोत्तम वस्तुएँ देनी चाहिए, पिताजी ये निरूपयोगी गायों को क्यों दान में दे रहे हैं? वह उनके पास गया और पूछा, "पिताजी आप मुझे किसको देंगे?" पिताजी ने कोई उत्तर नहीं दिया। उसने दो-तीन बार पूछा। उसके पिताजी को गुस्सा आ गया। उन्होंने कहा, "मैं तुझे यमराज को दूँगा।" नचिकेता उसी समय निकल गया और यमराज के यहाँ पहुँच गया। यमराज उस समय बाहर गए हुए थे। नचिकेता यमलोक में उनकी प्रतीक्षा करने लगा। वे तीन दिन बाद आए। उन्होंने नचिकेता को तीन दिन प्रतीक्षा करते देखा तो उन्हें बड़ा दुःख हुआ। उन्होंने कहा, "नचिकेता! मुझे खेद है कि तुम्हें तीन दिनों तक प्रतीक्षा करनी पड़ी। मैं तुमको तीन वर देता हूँ। तुम अपनी इच्छानुसार तीन वर माँग सकते हो।" नचिकेता प्रसन्न हुआ। उसने कहा, "यमदेव! मुझे पहला वर दें कि जब मैं यहाँ से लौटकर जाऊँ तो मेरे पिता मुझे प्रसन्नचित्त मिलें।" यमदेव ने कहा, "एवमस्तु! ऐसा ही होगा।"

नचिकेता ने दूसरे वर में पूछा कि अग्नि क्या है और उसकी पूजा क्यों की जाती है? यमदेव ने उसे अग्नि का स्वरूप बतलाया और कहा कि इस अग्नि की पूजा तुम्हारे नाम से ही जानी जाएगी।

नचिकेता ने तीसरे वर में पूछा, "मुझे बताएँ आत्मा क्या है, मैं उसका ज्ञान प्राप्त करना चाहता हूँ।" यमदेव ने तीसरा वर देने में आना-कानी की और उसे लोभ और मोह में डालने का प्रयत्न किया। उन्होंने कहा, "तुम जितना चाहे धन और संपत्ति ले लो। मैं तुझे सुंदर अप्सराएँ तथा मणि-माणक का ढेर दे सकता हूँ।" लेकिन नचिकेता नहीं माना। तब यमदेव ने हर्षित होकर कहा, "ऋषि कुमार! जो कामना और वासना पर विजय प्राप्त कर लेता है, वही आत्मविद्या को जानने का अधिकारी होता है। आत्मा क्या है, इसका ज्ञान न तो वेदों के पठन-पाठन से हो सकता है, न पूजा-पाठ और जप-तप से। तुमने अपनी कामनाओं को जीतकर मुझे विमुग्ध कर दिया है। अत: मैं तुम्हें आत्मा का ज्ञान बताता हूँ—

"आत्मा नित्य है, शरीर नष्ट हो जाता है, पर आत्मा का विनाश नहीं होता।

आत्मा की न कोई जाति होती है, न कोई रंग है, न कोई लिंग है।

आत्मा अनंत शक्तियों का भंडार है।

आत्मा सज्ञान है, वह सबकुछ जानती है।

शरीर की मृत्यु के बाद आत्मा का अन्य शरीर में रूपांतरण हो जाता है, आदि।"

नचिकेता जानता था कि धन और संपत्ति से किसी को तृप्ति नहीं होती। 'न वित्तेन तर्पणीयो मनुष्य:।' उसने आत्मा का ज्ञान प्राप्त किया। इसका पूर्ण विवेचन 'कठोपनिषद्' में उपलब्ध है।

(कठोपनिषद् की कहानी)

□

20

श्रद्धा से योग शिक्षा

सन् 1975 में उस समय की प्रधानमंत्री श्रीमती इंदिरा गांधी ने पूरे देश में आपातकाल लागू कर दिया था। नब्बे हजार से ज्यादा व्यक्ति जेल में थे। उस समय पूना के एक जेल में 2500 व्यक्ति थे। उनमें से 2000 व्यक्ति राष्ट्रीय स्वयंसेवक संघ के सदस्य थे। शेष साम्यवादी, समाजवादी व अन्य दलों के थे। आर.एस.एस. के लोग सुबह कबड्डी, खो-खो आदि देशी खेल खेलते थे तथा योगासन और ध्यान करते थे। साम्यवादी लोगों के मन में भी योगासन और ध्यान सीखने की इच्छा हुई। उन्होंने संघ के प्रमुख डॉ. माधव परालकर से कहा कि हम योगासन और ध्यान सीखना चाहते हैं। परालकर ने उनको स्वीकृति दे दी। दूसरे दिन वर्ग प्रारंभ हुआ। डॉ. माधव ने कहा कि आप ओम का स्मरण कर आँखें बंद करें, मैं कुछ मिनट ध्यान सिखाता हूँ। साम्यवादियों में एक धोंडगे नामक व्यक्ति था, वह खड़ा होकर बोला, "मैं ओम को नहीं मानता।" डॉ. माधव ने कहा, "ठीक है, आप किसी भी ईश्वर का नाम, जिसमें आपकी श्रद्धा हो, स्मरण करें, हमें कोई एतराज नहीं है। ध्यान करने से आपके मन में शांति व प्रसन्नता आएगी और आपके तनाव दूर हो जाएँगे।" धोंडगे फिर उठकर खड़ा हो गया। उसने कहा, "मैं किसी ईश्वर को नहीं मानता।" डॉ. माधव ने उसको पुन: बिठाया और कहा, "अगर आप राम, कृष्ण, महादेव, बुद्ध, गणेश आदि किसी को भी नहीं मानते तो आपकी इच्छा है, आप श्रद्धा से अपनी माँ को स्मरण करें, ताकि हम ध्यान आरंभ कर सकें।" धोंडगे फिर उठा

और सीधा डॉ. माधव के पास आकर उनके पाँव में गिरा और बोला, "आपने मुझे ऐसा पाठ पढ़ाया है, जैसा किसी ने नहीं पढ़ाया। मेरी माँ में मेरी पूर्ण श्रद्धा है। मैं तो यहाँ इस वर्ग को भंग करने के उद्देश्य से आया था, अब तो आपको ही मैं अपना गुरु मानता हूँ।"

□

21

किसका मन चलायमान नहीं होता?

रामायण का एक प्रसंग है। रामचंद्रजी को 14 वर्षों का वनवास हो गया था। उनके साथ लक्ष्मणजी और सीताजी भी वन को चले गए थे। एक दिन की बात है। भोजन आदि से निवृत्त होकर सीताजी थक गई थीं। वे पर्ण-कुटी के बाहर आकर सो गई थीं। रामचंद्रजी कहीं बाहर गए हुए थे। लक्ष्मणजी सीताजी से थोड़ी ही दूरी पर एक पत्थर की शिला के पास धनुष-बाण लिये हुए पहरा दे रहे थे, क्योंकि जंगल में हिंसक पशुओं का खतरा हमेशा रहता था। जिस पेड़ की छाया में पर्ण-कुटी बनी हुई थी, उसी के ऊपर एक चकवा और चकवी बातें कर रहे थे। अचानक चकवे की नजर लक्ष्मणजी पर पड़ी। अभूतपूर्व कांति एवं यौवन से संपन्न एक पुरुष? उसी से थोड़ी दूर पर अद्‌भुत रूप एवं लावण्य से संपन्न एक स्त्री। प्रकृति का सुरम्य वातावरण एवं एकांत। अचानक हवा से सीताजी की साड़ी अस्त-व्यस्त हो गई थी। चकवे ने चकवी से पूछा, "यह कैसा व्यक्ति है, जिसका मन इस प्रकार के वातावरण में भी चलित नहीं होता?" चकवी ने उत्तर दिया—

'पिता यस्य शुचिर्भूतो, माता यस्य पतिव्रता।
उभाभ्यामेव सम्भूतो, तस्य नो चलते मनः॥'

अर्थात् जिसका पिता पवित्र जीवन व्यतीत करनेवाला हो और माता पतिव्रता हो, उन दोनों के संयोग से उत्पन्न होनेवाले व्यक्ति का मन चलित नहीं होता।

लक्ष्मणजी के मन की दृष्टि कैसी थी, इस संबंध में रामायण का ही एक और प्रसंग। रावण सीताजी के रूप की प्रशंसा सुनकर आसक्त हो जाता है और छल से साधु का वेश बनाकर उनका अपहरण कर लेता है। रामचंद्रजी वन-वन

भटकते हुए सीताजी की खोज कर रहे हैं। वे पूछते हैं—

'हे खग मृग हे मधुकर सैनी।
कित देखी सीता मृगनैनी ?'

अर्थात् हे पक्षियो, हे जानवरो, हे भ्रमरो, क्या तुमने मेरी मृग जैसे नेत्रोंवाली सीता को कहीं पर देखा है ? पर कोई उत्तर नहीं मिलता। अचानक उनकी नजर जमीन पर पड़ी और उन्हें सीताजी के कंगन नजर आए। थोड़ी ही दूर पर उनके कुंडल भी मिले और फिर उनके नूपुर (पायलें) भी पड़े हुए मिले। हुआ यह था कि जब रावण पुष्पक विमान पर बिठाकर सीताजी को जबरदस्ती लंका की तरफ ले जा रहा था, तब सीताजी उसका विरोध कर रही थीं तथा जानबूझकर अपने गहनों को एक-एक करके नीचे फेंकती जा रही थीं। लेकिन रामचंद्रजी ने जब इन आभूषणों को देखा तो एक समस्या खड़ी हो गई। यह कैसे विश्वास हो कि ये आभूषण सीताजी के ही हैं ? उन्होंने सोचा कि लक्ष्मण तो अवश्य सीताजी के आभूषणों को पहचानते होंगे। उन्होंने लक्ष्मणजी से उनके बारे में पूछा। लक्ष्मणजी ने आभूषणों को ध्यान से देखा और उत्तर दिया—

'नाहं जानामि केयूरे, नाहं जानामि कुंडले।
नूपुरे त्वेव जानामि, नित्यं पादाभिवंदनात्॥'

—(वाल्मीकि रामायण, किष्किंधा कांड 6/22,23)

अर्थात् मैं इन कान के कुंडलों को नहीं पहचानता, न ही हाथ के कंगनों को ही पहचानता हूँ, पर इसमें कोई संदेह नहीं कि ये नूपुर भाभी के ही हैं, क्योंकि प्रतिदिन उनके चरणों का वंदन करते समय मैंने इनको देखा है।

लक्ष्मणजी का मन पर अद्भुत संयम था। इसलिए उनको महान् योद्धा के साथ महामनस्वी कहा जाता था। रघुवंश के महापुरुषों के बारे में श्री रामचंद्रजी ने स्वयं भी कहा है—

'रघुवंसिन्ह कर सहज सुभाऊ, मन कुपंथ पग धरिअ न काऊ।
मोहिं अतिसय प्रतीति मन केरि, जेहि सपनेहुँ परनारी न हेरी॥'

—(रामचरितमानस, बालकांड 231-5-6)

अर्थात् रघुवंश के वंशजों का यह सहज स्वभाव है कि वे कुमार्ग पर अपना

पाँव भी नहीं रखते। मुझे अपने मन के ऊपर पूर्ण भरोसा है कि इसने कभी पराई स्त्री की ओर बुरी नजर से नहीं देखा।

और जिसका मन चलायमान (चंचल) नहीं होता, वह सारे विश्व पर विजय प्राप्त कर लेता है।

□

22

रूपगर्विता

तथागत बुद्ध के समय की एक घटना है। उन्होंने भरपूर तरुणाई में संसार छोड़ दिया था। एक दिन वे भिक्षा के लिए राजगृह नगर में विचरण कर रहे थे। अचानक एक महल की अट्टालिका से एक रूपवती स्त्री ने उनको देखा। ऐसा कांतिमय रूप उसने किसी भी पुरुष का नहीं देखा था। उनकी चाल-ढाल और यौवन देखकर वह उन पर मुग्ध हो गई।

उसका नाम था, वासवदत्ता। रूप और तरुणाई की वह साम्राज्ञी थी। बड़े-बड़े राजा-महाराजा, सेठ एवं साहूकार उसके गायन व नृत्य पर मोहित थे। उसकी एक नजर पाने के लिए वे अपना सर्वस्व अर्पण करने को तैयार रहते थे। लेकिन आज उसने जिस व्यक्ति को देखा था, वह तो उसको भी चकित करनेवाला था। उसने दासी को इशारा किया, "जाओ, उस तरुण तपस्वी को भिक्षा के बहाने मेरे प्रासाद में ले आओ।" दासी गई और उसने तथागत को प्रणाम करके कहा, "महाराज, मेरी मालकिन आपको भिक्षा के लिए आमंत्रित कर रही है। कृपया पधारकर कृतार्थ करें।"

तथागत वासवदत्ता के महल में पधारे। उसने नीचे उतरकर उनका स्वागत किया और उनका रूप निहारने लगी। बुद्ध ने कहा, "देवी, मुझे भिक्षा दो।" वह रूपवती बोली, "स्वामी, मैं आपको भिक्षा ही नहीं, अपने जीवन का सर्वस्व भेंट करना चाहती हूँ।" बुद्ध आश्चर्यचकित हुए। उन्होंने एक क्षण तक उस स्त्री को नख से शिख तक देखा। मन में विचार किया, 'यह कितने अज्ञान में है! जिस रूप और सौंदर्य का इसे घमंड है, वह तो क्षण-भंगुर है। और यह शरीर कब किस बीमारी से ग्रस्त हो जाए, क्या इसका पता चलता है? जिसे यह सौंदर्यमय

मानती है, वह शरीर भीतर से कितना अशुचिपूर्ण है और अशुचिपूर्ण पदार्थों से बना है, इसका इसे भान नहीं है।' उन्हें न तो उस स्त्री पर आसक्ति हुई और न घृणा। वे तेज गति से वापस लौटने लगे। वासवदत्ता ने सोचा, 'मेरे रूप और सौंदर्य पर तो बड़े-बड़े राजा-महाराजा भ्रमर की भाँति आकर्षित होते रहते हैं, यह कैसा तरुण है, जो तनिक भी आकर्षित नहीं हुआ?' उसने आगे बढ़कर उनको जोर से पुकारा, "स्वामी, आप लौटकर आएँ। मैं अपना सबकुछ आपको अर्पित कर दूँगी।" बुद्ध ने सुना और मुड़कर कहा, "देवी, अभी नहीं, लेकिन मैं आऊँगा अवश्य।"

और समय बीतता गया। सात वर्षों के उपरांत अनेक स्थानों का विचरण करते हुए बुद्ध पुनः राजगृह पधारे। वहाँ उन्हें पता चला कि भयंकर व्याधि से ग्रस्त होकर वासवदत्ता दीन-हीन अवस्था में एक उद्यान में तड़प रही है। तथागत स्वयं उसके पास गए और कहा, "देवी, मैं आ गया हूँ।" वासवदत्ता ने उस महाश्रमण की ओर देखा और कहा, "स्वामी, आप बहुत देरी से आए। अब मेरे पास कुछ भी नहीं बचा है। मैं भयंकर व्याधि (कोढ़) से ग्रस्त हो गई हूँ। मेरा रूप और लावण्य भी समाप्त हो गया है। मेरे रिश्तेदारों ने मेरी व्याधि का लाभ उठाकर मेरी सारी संपत्ति हड़प ली। मेरे रूप के जो रसिक थे, उन्होंने भी मुझे त्याग दिया। अब मेरे शरीर में दुर्गंध पैदा हो गई है। अब आप भी मेरे पास मत आइए, लौट जाइए।" बुद्ध ने कोई उत्तर नहीं दिया। उन्होंने स्वयं उसके रोगग्रस्त शरीर को साफ किया, उसे शांति प्रदान की और धर्म का बोध दिया—

'आठ प्रकार के मद (गर्व) मनुष्य को पतन की ओर ले जाते हैं—रूप का, कुल का, जाति का, बल का, तप का, लाभ का, विद्या का और ऐश्वर्य का। जो व्यक्ति अपनी शक्ति, संपदा, रूप और ऐश्वर्य का मद नहीं करता, वह सुगति को प्राप्त करता है।'

□

23

भारी नहीं भाई है

एक बिशप पहाड़ी पर चढ़ रहा था। उसी समय छह-सात वर्ष की एक लड़की अपने छोटे भाई को कंधे पर बैठाकर पहाड़ी पर चढ़ रही थी। वह हाँफ रही थी। यह देखकर बिशप ने उससे कहा, "अरे यह लड़का तो तेरे लिए बहुत भारी है।"

लड़की ने तुरंत जवाब दिया, "जरा भी भारी नहीं, भाई है" और वह फिर पहाड़ी पर चढ़ने लगी।

कितना महान् विचार है—यह भारी नहीं, यह तो मेरा भाई है। भारी-से-भारी वस्तु भी पंख जैसी हलकी हो जाती है, जब प्रेम उसे उठानेवाला हो!

□

24

भले-भलाई, बुरे-बुराई

एक राजा था। वह एक पंडित को रोज पूजा-पाठ के लिए बुलाता था। पंडित राजा को मंत्र के पाठ और धर्म की बातें सुनाता था। राजा उसको रोज एक सोने की अशर्फी देता। पंडित खुश होकर अपने घर चला जाता। उसी राजा के यहाँ एक नाई रोज आता था। वह राजा की हजामत तथा मालिश आदि करता था। राजा उसको एक रुपया देता था।

वह नाई रोज सोचता—ये पंडितजी एक घंटे के लिए आते हैं, मैं भी एक घंटे के लिए आता हूँ। राजा मुझे सिर्फ एक रुपया देता है और पंडितजी को एक अशर्फी देता है! यह बहुत अन्याय है।

एक दिन जब नाई राजा के पास हजामत करने आया, तब उसने कहा कि ये पंडितजी रोज आपके यहाँ आते हैं, फिर भी आपको पसंद नहीं करते। ये कहते हैं कि आपके शरीर से दुर्गंध आती है। अतः वे मुँह पर तौलिया बाँध लेते हैं।

राजा को पंडित पर बहुत क्रोध आया। पंडित के आने पर राजा ने खजाँची को देने के लिए एक पत्र दिया कि इस आदमी की नाक काट दो। पंडित ने पत्र लिया और रोज की तरह जेब में डाल दिया। रास्ते में उनको नाई मिला। नाई ने कहा, "आप रोज एक अशर्फी लेकर जाते हैं। एक अशर्फी मुझे दे दीजिए।" पंडितजी ने कहा कि ठीक है, यह कहकर जेब का पत्र निकालकर नाई को दे दिया। नाई पत्र लेकर खजाँची के पास गया तो खजाँची ने उसकी नाक काट ली। नाई रोते-रोते राजा के पास गया और कहा कि खजाँची ने मेरी नाक काट दी। राजा ने पंडित को बुलाकर पूछा, "आप जब मेरे पास पूजा-पाठ के लिए आते हैं, तब मुँह पर तौलिया क्यों बाँधते हैं? क्या आपको मेरे शरीर से दुर्गंध आती

है?" पंडित ने कहा, "नहीं, मैं तौलिया इसलिए बाँधता हूँ कि मंत्र पाठ बोलते हुए कहीं मेरा थूक आपको नहीं लग जाए।"

राजा ने कहा, "तब तो अच्छा हुआ। झूठी शिकायत करनेवाले को अच्छी सजा मिल गई।"

इसलिए किसी की झूठी शिकायत नहीं करनी चाहिए। कहा भी है—

भले-भलाई, बुरे-बुराई, कर देखो रे भाई।
चिट्ठी दी पंडित को, पर नाई ने नाक कटाई॥

□

25

सूली का सिंहासन

प्राचीन काल में चंपानगरी में सुदर्शन नाम का सुविख्यात श्रेष्ठी था। राजा ने उसको 'नगर सेठ' की उपाधि दी। वह 'सुदर्शन सेठ' के नाम से पुकारा जाने लगा। परिश्रमपूर्वक धन कमाना, न्यायपूर्वक जीवन चलाना तथा परोपकार में धन लगाना उसके जीवन का उद्देश्य था। वह अप्रतिम सुंदर था। राजसभा में भी उसको प्रमुख स्थान प्राप्त था। एक दिन राजा दधिवाहन की रानी अभया राजसभा में आई। उसने सुदर्शन को देखा तो वह उसके रूप पर मुग्ध हो गई। रानी की एक अभया नाम की कुटिल धाय थी। रानी ने उससे कहा, "तुम कोई बहाना बनाकर 'सेठ सुदर्शन' को मेरे महल में ले आओ।" एक बार जब राजा कोई दूसरे नगर चला गया था, तब वह धाय 'सेठ' के पास गई और उनको रानी के महल में बुलाया। सुदर्शन महल में आया तो रानी ने कहा, "आप आएँ, मेरे कक्ष में पधारें, मुझे कुछ जरूरी बात करनी है।" सेठ के मन में तो कोई संदेह नहीं था। वह ऊपर रानी के कक्ष में चला गया। वहाँ रानी ने खूब श्रृंगार करके उससे कहा, "मैंने आपको एक दिन राजसभा में देखा, तब से ही आप मेरे मन में बसे हुए हैं। आज आपको मेरी इच्छा की पूर्ति करनी होगी।" सेठ ने कहा, "आप यहाँ की महारानी हैं। आपका इस प्रकार कहना उचित नहीं है।" रानी ने उसको बहुत प्रलोभन दिए, डराया-धमकाया तथा कहा कि अगर आप मेरी बात नहीं मानेंगे तो मैं आपको सूली पर चढ़वा दूँगी। लेकिन सेठ ने कोई उत्तर नहीं दिया। वह चुप और शांत रहा। रानी ने चिल्लाकर अपने सिपाहियों को बुलाकर सेठ को पकड़वा दिया। दूसरे दिन राजा के आने पर रानी ने सेठ की शिकायत की। राजा ने इस भयंकर अपराध के लिए उसको सूली पर चढ़ाने का हुक्म दिया। सेठ

अपने मन में मंत्र का जाप करता रहा तथा प्रभु से बचाने की प्रार्थना करता रहा। उसी समय आकाश में एक प्रकाश पुंज चमका और सूली सिंहासन बन गया। देवताओं ने आकर उसके संयम की प्रशंसा की। सुदर्शन के चरित्र की दृढता ने उसको महान् बना दिया।

□

26

निर्धन वृद्धा का वात्सल्य

अमेरिका जाने के पूर्व स्वामी विवेकानंद ने सारे भारत का भ्रमण किया। घूमते-घूमते वे राजस्थान में अलवर पहुँचे। अलवर के इसी आवासकाल में स्वामीजी एक निर्धन बुढ़िया के घर पर जा पहुँचे। राजसेवकों को, इस नवीन स्थान पर स्वामीजी को देखकर आश्चर्य हुआ, परंतु वे मुक्त संन्यासी ठहरे। उनको रोक भी कौन सकता था? बुढ़िया उन्हें देखकर पहले तो बड़ी प्रसन्न हुई, परंतु फिर यही सोचकर कि राजसी अतिथि का वह स्वागत कैसे करे, वह सकपका गई। स्वामीजी ने परिस्थिति भाँपकर हँसते हुए कहा, "माँ, बड़ी भूख लग रही है?" "स्वामीजी महाराज! आप राजसी अतिथि ठहरे और मैं एक निर्धन बुढ़िया। आपके लिए मधुर व्यंजन कहाँ जुटा पाऊँगी? फिर भी रुकिए, रूखा-सूखा अवश्य जुटाऊँगी। आप क्षण भर रुकें। यही मेरा अहोभाग्य है कि आपने मेरी कुटिया को पवित्र किया है…" कहते-कहते वृद्धा के नेत्र डबडबा उठे। वर्षों पुरानी स्मृति उसके नेत्रों के सामने नाच उठी, जब एक दिन परिव्राजक संन्यासी के रूप में थके-माँदे स्वामीजी ने इसी घर में आश्रय पाया था। कई दिन भूखे-प्यासे रहकर, इसी वृद्धा के हाथ की मोटी-मोटी रोटियाँ खाकर एक दिन उन्हें तृप्ति अनुभव हुई थी। विश्वविख्यात स्वामी विवेकानंद, महाराजा खेतड़ी का गुरु, वही व्यक्तित्व, परंतु दूसरे रूप में वही आज उपस्थित था। अत: प्रसन्नता व हड़बड़ी दोनों वृद्धा के चेहरे पर झलक रही थीं। "माँ! मुझे व्यंजन नहीं, वैसी ही मोटी-मोटी, बिना चुपड़ी रोटियाँ खानी हैं, जैसी तुमने मुझे वर्षों पूर्व खिलाई थीं। उन जैसी मिठास मालपुओं में कहाँ मिलेगी?" स्वामीजी बोल उठे। वृद्धा के नेत्र चमक उठे, रगों में विद्युत् सी गति आ गई।

ताजा भोजन बनाया गया। सहयोगी गुरुभाई व शिष्य दृश्य देखकर चकित थे। गद्गद हृदय से उन्हें संबोधित करते हुए स्वामीजी बोले, “इन मोटी चपातियों में कितनी सात्त्विकता छिपी है? वृद्धा माँ का स्नेह तो देखो! कितना पावित्र्य है इसमें! माँ का यह वात्सल्य ही अपनी थाती है, भारत का गौरव है…”

□

27

काम से राम की ओर

गोस्वामी तुलसीदास महान् संत थे तथा जन-जन में लोकप्रिय थे। पर प्रारंभ में उनका जीवन ऐसा नहीं था। वे अपनी पत्नी रत्नावली में बहुत आसक्त थे तथा एक दिन भी उसको बाहर नहीं भेजते थे। वह पीहर भी जाती तो उसे उसी दिन लौटना पड़ता।

विवाह बिगड़े हुए मन को बाँधने की रस्सी है। मन को एक ही स्त्री या पुरुष में संलग्न रखने के लिए ही विवाह की व्यवस्था है। विवाह काम का विनाश करने के लिए है, काम का विकास नहीं। काम को क्षीण करना विवाहित जीवन का आदर्श है।

एक दिन आवश्यक कार्यवश तुलसीदास को कहीं बाहर जाना पड़ा। उस दिन वापस लौटकर आने की कोई संभावना नहीं थी। इस बात को ध्यान में रख रत्नावली अपने पीहर चली गई। उधर तुलसीदास का मन व्याकुल हो उठा। वे जैसे-तैसे काम निपटाकर लौट आए। घर आकर देखा तो रत्नावली वहाँ नहीं थी। उसके बिना उनकी व्याकुलता मिटनेवाली नहीं थी, इसलिए उन्होंने ससुराल जाने का निर्णय लिया।

उस समय वर्षा का मौसम था। आसमान में बादल छा रहे थे। थोड़ी देर में वर्षा शुरू हो गई। मार्ग में कीचड़ फैल गया। कोई वाहन मिल नहीं रहा था। बीच में एक नदी भी आती थी। रात के समय मल्लाह भी अपने घर पर चले जाते थे। इन सब मुसीबतों के बावजूद तुलसीदास का मन रत्नावली में लगा था। वे घर से चले और एक ही धुन में चलते रहे। सामने नदी थी। उसे पार करने के लिए उन्होंने नदी में बहती हुई एक लकड़ी को पकड़ा। पर वास्तविकता यह थी कि

वह लकड़ी नहीं, किसी मृत व्यक्ति का शव था। शव के सहारे नदी पार करके वे आतुरता के साथ ससुराल पहुँच गए।

आधी रात का समय होगा। ससुराल के मकान में प्रविष्ट होने के सारे द्वार बंद थे। वर्षा हो रही थी, इसलिए कोई आवाज भी नहीं सुन सकता था। तुलसीदास के लिए एक-एक क्षण भारी हो रहा था। उनका शरीर नीचे खड़ा था और मन रत्नावली के पास था। मन ने उसको भी खींचना शुरू किया। उन्होंने एक रस्सी को हाथ से पकड़ा और उसे ऊपर फेंक दिया। ऊपर जाकर वह चिपक गई। उसे पकड़कर उसके सहारे वे धीरे-धीरे ऊपर चढ़ गए। ऊपर पहुँचकर रस्सी को एक ओर रखा, तभी बिजली कौंधी और उन्होंने देखा कि जिसे वे रस्सी समझ रहे थे, वह रस्सी नहीं, 'गोह' (एक प्रकार के सर्प की जाति) है। अपने अज्ञान पर मन-ही-मन मुसकराते हुए वे रत्नावली के कक्ष में प्रविष्ट हो गए।

रत्नावली ने अप्रत्याशित रूप से अपने सामने तुलसीदास को देखा तो वह स्तब्ध रह गई। स्तब्धता कुछ कम हुई तो वह लज्जित सी उनकी ओर अभिमुख होकर बोली, "यह क्या पागलपन है आपका? मूसलधार वर्षा में रात के समय बिना निमंत्रण यों ससुराल पहुँचना शोभा देता है आपको? ऐसा कौन सा प्रलय हो रहा थी, जो मेरे बिना काम नहीं चलता? क्या सोचेंगे मेरे माता-पिता? क्या कहेंगी मेरी सहेलियाँ? मुझे बुलाना ही था तो किसी को भेज देते लिवा लाने के लिए, या फिर सुबह ही आ जाते। कैसे आए होंगे आप इस घटाघोप रात में?"

तुलसीदासजी ने रत्नावली को संबोधित कर कहा, "प्रिये! कुछ भी कहो, तुमसे दूर रह पाना संभव नहीं है। तुम्हें आश्चर्य होगा यह सुनकर कि मैं यहाँ कैसे पहुँचा। शव को मैंने नौका बनाई और सर्प (गोह) को बनाई रस्सी, तब जाकर तुम्हारे दर्शन हुए हैं।"

तुलसीदासजी के मुँह से यह बात सुन रत्नावली आक्रोश व्यक्त करती हुई बोली, "पतिदेव! कितना पागलपन है आपमें! मैं ऐसी क्या चीज हूँ, जो आप इस प्रकार मोहांध हो रहे हैं? इस हाड़-मांस की एक पुतली के प्रति आपका जो प्रेम है, वह श्रीराम के चरणों में होता तो पता नहीं आप कहाँ से कहाँ पहुँच जाते!"

अस्थि-चर्ममय देह मम, तातें ऐसी प्रीति।
होती जो श्रीराम में, होत न तो भव-भीति॥

रत्नावली के ये बोल तुलसीदासजी को लग गए। वे उलटे पाँव लौट गए। अब उन्हें अपने सामने रत्नावली नहीं, श्रीराम दिखाई दे रहे थे। राम के नाम पर उन्होंने रत्नावली को छोड़ा, घर छोड़ा और वनवासी बन गए। रत्नावली बहुत रोई, गिड़गिड़ाई, किंतु उनके मन पर कोई असर नहीं हुआ। जंगल और पहाड़ों में भटकते-भटकते तथा राम का नाम जपते-जपते उनकी चेतना रूपांतरित हो गई। उससे प्रस्फुटित हुईं 'रामचरित मानस', जो लोकमानस में अपना विशेष स्थान बनाए हुए है। अब तुलसीदासजी संत बन गए, कवि बन गए और बन गए लोक जीवन के मार्गदर्शक!

□

28

बुराई का फल

एक गाँव में एक कुटिया थी, जिसमें एक संन्यासी रहता था। वह सुबह गाँव में भिक्षा के लिए जाता था तथा विभिन्न घरों से कुछ रोटियाँ लाता था। उस समय वह बोलता जाता था—

"भले-भलाई, बुरे-बुराई, कर देखो रे भाई।" दिन भर वह कुटिया में रहता था तथा जो लोग उसके पास आते, उनको ज्ञान की बातें सिखाता तथा बीमार लोगों का इलाज करता था।

गाँव की एक औरत को उसका रोज-रोज आना अच्छा नहीं लगता था और वह उसको रोटियाँ नहीं देती थी, लेकिन वह संन्यासी सब की तरह उसके भी घर रोज आता था।

एक दिन उस औरत को उस पर बहुत क्रोध आया। उसने दो लड्डुओं में जहर मिलाया और उसको देकर कहा, "मैं तुमको आज दो लड्डू देती हूँ, तुम इन्हें खा लेना।"

संन्यासी लड्डू लेकर चला गया। घर जाकर उसने जो अन्य घरों से रोटियाँ आई थीं, वे तो खा लीं पर लड्डू छींके पर रख दिया कि कल खा लूँगा।

उसी रात को इस स्त्री के दो लड़के, जो फौज में भरती थे, अपने गाँव आए। रात को बहुत अँधेरा था, अतः वे उस साधु की कुटिया में ठहर गए। साधु को अपना परिचय दिया और कहा कि हम सुबह घर चले जाएँगे।

साधु ने कहा, "तुम बहुत दूर से आए हो। मेरे पास दो लड्डू हैं, तुम इन्हें खाकर सो जाओ।" लड़कों ने लड्डू खा लिये, पर जहर के कारण वे तो रात को ही चल बसे।

सुबह वह संन्यासी गाँव में आया और बोला, "भले-भलाई, बुरे-बुराई, कर देखो रे भाई। लड्डू दिए फकीर को, पर मर गए दो सिपाही।"

उस औरत ने सुना तो भागकर उसके कुटीर में गई। वहाँ पर अपने ही लड़कों को मरा हुआ देखकर फूट-फूटकर रोने लगी।

मनुष्य हँस-हँसकर बुरे कृत्य करता है, पर उस औरत की तरह रो-रोकर भोगता है।

□

29

गृहस्थ का कर्तव्य

एक संन्यासी बड़े तपस्वी थे। उन्होंने कई महीनों तक घोर तपस्या करके सिद्धि प्राप्त की। एक दिन वे एक वृक्ष के नीचे बैठकर ध्यान कर रहे थे। उस वृक्ष पर एक कौवा बैठा था। उसने उनके ऊपर बींट कर दी। उनको उस पर बहुत क्रोध आया। उन्होंने एक नजर में कौए को भस्म कर दिया।

फिर उनको भूख लगी। वे भिक्षा के लिए शहर में आए। उन्होंने एक गृहिणी को आवाज दी—मुझे भिक्षा दो। गृहिणी ने उत्तर दिया—महाराज अभी आई। फिर थोड़ी देर में दूसरी, तीसरी बार पुकारा। क्रोधाग्नि प्रकट की।

थोड़ी देर में गृहिणी बाहर आई, "महाराज, यहाँ कौए नहीं बसते, जो आपकी क्रोधाग्नि से भस्म हो जाएँगे। घर में मेरे पति बीमार हैं, मैं उनकी सुश्रुषा में व्यस्त थी। पति की सेवा करना पत्नी का धर्म है। आप संन्यासी होकर इतना अहंकार करते हैं, यह उचित है क्या? आप अहंकार छोड़ेंगे, तभी आपका कल्याण होगा।" फिर उसने उनको भिक्षा देकर रवाना किया।

□

30

जो होता है, अच्छा ही होता है

एक राजा था। उसका मंत्री बहुत चतुर था। एक दिन राजा एक नई तलवार की धार की परीक्षा कर रहा था। धार परखने में कुछ ऐसी असावधानी हुई कि राजा की एक उँगली कट गई और उसमें से रक्त की धार निकल आई। उसी समय उसका मंत्री वहाँ आ गया। राजा ने कहा, "देखो आज कैसा मनहूस दिन आया है कि मेरी उँगली कट कई।" मंत्री ने कहा, "राजन! जो कुछ भी हुआ, अच्छा ही हुआ।" राजा को बहुत क्रोध आया, "तुम मेरी उँगली के कटने को अच्छा कहते हो! जाओ, मेरे राज्य से निकल जाओ। मेरे को मुँह कभी मत दिखाना।" मंत्री वहाँ से रवाना हो गया और किसी दूसरे राज्य में चला गया। राजा ने अच्छे वैद्यों से उपचार कराया तो उसकी उँगली पुनः जुड़ गई और चार-पाँच महीनों में उसका घाव भी भर गया।

एक दिन राजा अपने अनुयायियों के साथ शिकार खेलने को निकला। राजा का घोड़ा बहुत तेज था। वह भागते-भागते राजा को एक भीलों की बस्ती में ले गया। भील चामुंडा देवी के मंदिर में पूजा कर रहे थे। पुजारी ने कहा, "तुम कोई हृष्ट-पुष्ट व्यक्ति को लेकर आओ। उसकी बलि चढ़ाकर देवी को संतुष्ट करना है।" दैवयोग से वह राजा भी उसी समय वहाँ पहुँच गया। पुरोहित ने उसको बिठाया और उसके शरीर की जाँच की। उसको राजा की उँगली कटी हुई तथा पुनः जुड़ी हुई नजर आई। उसने कहा, "यह आदमी बलिदान के योग्य नहीं है। तुम दूसरा आदमी लाओ।" भीलों ने उसको छोड़ दिया। वह घोड़े पर बैठकर घर लौट आया। उसको अपने मंत्री की याद आई। उसने अपने सैनिक भेजकर मंत्री

को बुलाया और कहा कि तुम्हारी बात ठीक निकली। तुम वापस लौट आओ। उसने कहा, "महाराज! आपने मुझे निकाला, वह भी मेरे लिए ठीक ही हुआ। अगर मैं आपके पास रहता तो मेरी बलि हो जाती। इसलिए जो हो रहा है, अच्छा हो रहा है।"

□

31

सबसे बड़ा खजाना

एक था लोहार। उसने एक बढ़ई के लिए हथौड़ा बनाया। हथौड़ा बहुत सुंदर और मजबूत था। बढ़ई ने सोचा—एक हथौड़ा और बनवा लूँ। उसने लोहार से कहा, "एक दूसरा हथौड़ा बना दो, लेकिन इस बार जो बनाना, वह पहले से भी अच्छा हो। तुम जितने दाम माँगोगे, मैं दूँगा।"

लोहार ने कहा, "नहीं, यह तो नहीं हो पाएगा।"

बढ़ई ने कहा, "क्यों, आखिर? तुम्हें तो मुँह-माँगे दाम मिल रहे हैं! उसने कहा, "मैं पूरी लगन से, पूरी योग्यता से सारी ताकत लगाकर बनाता हूँ। मैंने पहला हथौड़ा बनाते समय भी ऐसा ही किया था। अब तुम्हीं बताओ, दूसरा हथौड़ा मैं उससे अच्छा कैसे बना सकता हूँ? अगर मैं कहूँ कि मैं ऐसा कर सकता हूँ, तो इसका मतलब होगा कि पहलेवाले हथौड़े में मैंने कुछ कसर छोड़ दी, लेकिन यह बात तो सही नहीं है।"

□

32

करनी का फल

किसी गाँव में एक हलवाई रहता था। उसकी मिठाइयाँ दूर-दूर तक प्रसिद्ध थीं। किसी भी उत्सव के प्रसंग पर लोग उसके यहाँ से ही मिठाई मँगाते थे। हलवाई बड़ा ईमानदार था। इसलिए उसे पर्याप्त काम मिलता था। गाँव के ठाकुर भी उसी से मिठाई मँगाते थे। चर्चा चल पड़ी हलवाई की ईमानदारी की। सबने कहा—वह बहुत ईमानदार है। एक व्यक्ति ने कहा, "कोई परीक्षा करे तो पता चले।" ठाकुर ने कहा, उसको चालीस किलो घेवर का आदेश दे दो। उसके आदमियों ने तोलकर सारा सामान दे दिया। (अब तक तो सामान बिना तोले ही दिया जाता था।) हलवाई ने घेवर बनाए। ऐसी चाशनी बैठी कि घेवर देखकर ही सामनेवाले का मन ललचा जाए। उस दिन स्वयं हलवाई का मन हिल गया। उसने सोचा, अगर आज थोड़ा सा चख लूँ तो क्या फर्क पड़ेगा? उसके घर में चार व्यक्ति थे। उसने पाव-पाव के चार टुकड़े घर पर भेज दिए कि आप लोग खा लें, मैं घर आकर खा लूँगा। वह घेवर लेकर ठाकुर के यहाँ पहुँच गया। ठाकुर ने तराजू बाट मँगवाई और सामान तुलवाया। हलवाई पसीना-पसीना हो गया। वह काँपने लगा। तोल में एक किलो मिठाई कम निकली। ठाकुर ने क्रोधित होकर पूछा, "तुम मेरे सामान में भी चोरी करते हो?" हलवाई ने गिड़गिड़ाते हुए कहा, "ठाकुर साहब! मैंने आज पहली बार ही चोरी की है। आज घेवरों की सुगंध से मेरा मन ललचा गया।" ठाकुर ने कहा, "प्रत्येक घेवर के बदले इसे इक्कीस-इक्कीस कोड़े लगाए जाएँ।' हलवाई भयाक्रांत हो गया। उसने कहा, "ठाकुर साहब! मैंने तो घेवर अभी

चखा ही नहीं है। उन घेवरों में तो मेरे पूरे परिवारवालों का हिस्सा है।" ठाकुर ने उसके घरवालों को बुलाया और अपने आदमियों से उनको कोड़े लगाने को कहा। उन्होंने कहा, "हमने घेवर खाया है, पर हमें क्या पता है कि यह माल चोरी का है? हम तो चोर नहीं हैं। चोरी जिसने की है, उसको सजा मिलनी चाहिए।" बेचारे हलवाई ने घेवर चखा ही नहीं था, पर उसे मार सहनी पड़ी।

□

33

अनित्य भावना

गौतम बुद्ध के पास कोई वृद्ध महिला अपने इकलौते मृत पुत्र को लेकर पहुँची। उनसे उसे जीवित कर देने का आग्रह करने लगी, बिलख-बिलखकर रोते हुए प्रार्थना करने लगी। बहुत समझाने पर भी जब उसने अपना आग्रह नहीं छोड़ा तो महात्मा बुद्ध ने उससे कहा—

"उस घर से एक मुट्ठी तिल लेकर आओ, जिस घर में आज तक किसी की मृत्यु न हुई हो।"

उस घर की तलाश में अविवेकी वृद्धा बिना विचारे ही दौड़ पड़ी, पर घर-घर चक्कर काटने पर भी उसे ऐसा कोई घर न मिला, जिसमें किसी की मृत्यु न हुई हो। मिलता भी कैसे, क्योंकि जगत् में ऐसा घर होना संभव ही नहीं है।

अंततोगत्वा थककर वह पुन: बुद्ध के पास पहुँची और अपनी असफलता बताई तो बुद्ध कहने लगे—

"मृत्यु एक अनिवार्य तथ्य है, उसे किसी भी प्रकार टाला नहीं जा सकता। उसे सहज भाव में स्वीकार कर लेने में ही शांति है, आनंद है। सत्य को स्वीकार करना ही सन्मार्ग है।"

अनित्य भावना में भी वस्तु के इसी पक्ष को उभारा जाता है, इसी सत्य से परिचित कराया जाता है, इसी तथ्य को अनेक युक्तियों से उजागर किया जाता है, उदाहरणों से समझाया जाता है। पंडित भूधरदास ने कहा है—

'राजा राणा छत्रपति, हाथिन के असवार।
मरना सबको एक दिन, अपनी-अपनी बार॥'

इसी भाव को हमें हमेशा याद रखना चाहिए।

□

34

उपकार

एक गुलाम था। उसका नाम एंडोंक्लीज था। एक बार वह एक जंगल से होकर जा रहा था। उसने किसी के कराहने की आवाज सुनी। उसने देखा कि थोड़ी दूरी पर एक शेर लेटा हुआ है और कराह रहा है। एंडोंक्लीज डरते-डरते उसकी ओर गया। उसने देखा कि शेर के पैर में एक काँटा चुभा हुआ है। पहले तो एंडोंक्लीज को भय लगा, फिर हिम्मत कर वह शेर के पास पहुँचा। उसने शेर के पैर को अपने हाथों में लेकर काँटा निकाल दिया।

शेर ने कृतज्ञता के भाव से उसकी ओर देखा और चला गया। इस घटना को कई वर्ष बीत गए। उन दिनों अपराध करने पर दंड पाए हुए अपराधी के सामने भूखा शेर छोड़ दिया जाता था। इस भयानक तमाशे को देखने के लिए चारों ओर जनता एकत्र हो जाती थी।

संयोग की बात। एंडोंक्लीज के सामने वही शेर छोड़ा गया, जिसका काँटा उसने निकाला था। शेर उसके सामने आया। लेकिन अरे, यह क्या हुआ! चारों ओर खड़े लोग आश्चर्य से आँखें फाड़े देखने लगे। वे सोच रहे थे कि शेर थोड़ी देर में एंडोंक्लीज का काम तमाम कर देगा, परंतु शेर उसके पास आया, उसकी ओर देखने लगा और फिर पालतू कुत्ते की तरह बैठकर उसके पैर चाटने लगा।

पशु भी प्रेम और सहानुभूति पहचानते हैं। वे भी दूसरों के उपकार नहीं भूलते। फिर हम तो इनसान हैं, हम दूसरों के उपकार क्यों भूलें?

□

35

'मैं राजा भोज हूँ'

एक बार राजा भोज संध्याकाल के समय हवा खाने के लिए नगर के बाहर उपवन में घूम रहे थे। एक प्रौढ़ व्यक्ति सिर पर लकड़ियों की भारी गठरी लिये जंगल से आ रहा था। राजा ने देखा, उसके सिर पर काफी भार है, पसीना चू रहा है, फिर भी उसके चेहरे पर एक अजीब मस्ती है। चाल-ढाल कुछ निराली ही है। राजा उसके सामने आया, लेकिन उसने राजा की ओर कोई ध्यान नहीं दिया। बड़ी बेपरवाही से वह अपने घर की ओर बढ़ रहा था। राजा ने पूछा, "भाई! तुम कौन हो?" लकड़हारे ने बिना इधर-उधर देखे, बड़ी मस्त आवाज में कहा, "मैं राजा भोज हूँ।"

राजा के आश्चर्य का ठिकाना नहीं रहा। एक लकड़हारा, चार-छह पैसे की लकड़ी सिर पर ढो रहा है, फटे-पुराने कपड़े में लिपटा हुआ है, गरीबी का साक्षात् अवतार है और इतनी बेफिक्री से अपने को राजा भोज कह रहा है! राजा को उसकी मस्ती और बेफिक्री से ईर्ष्या होने लगी। सोचा, 'राजा भोज तो मैं हूँ, यह नया राजा भोज कहाँ से पैदा हो गया? किंतु जो मस्ती इसके चेहरे पर है, जो अल्हड़ता इसकी चाल में है, वह मेरे पास कहाँ?' राजा भोज आगे बढ़ा और बोला, "अरे भाई! जरा रुको तो सही! तुम राजा भोज हो, तो बताओ तुम्हारी आमदनी क्या है?" लकड़हारा रुका और बोला, "मेरी आमदनी है, छह टके रोज।"

अब तो राजा के कुतूहल एवं आश्चर्य का कोई आर-पार नहीं रहा। यहाँ तो लाखों रुपए रोज के आते-जाते हैं, जिसमें भी सुख-चैन नहीं है। मन में शांति नहीं, भोग की सब सामग्री होते हुए भी आनंद नहीं है और यह छह टके रोज कमाता है, कितनी मेहनत करता है, जिस पर कितना सुखी! कितना मस्त! राजा

ने आगे पूछा, "अच्छा भाई! तू अपने को राजा भोज बताता है और छह टके रोज कमाता है, तो तेरे खर्चे का हिसाब क्या है? राजा है तो कुछ खर्च-वर्च की व्यवस्था भी होगी?"

लकड़हारे ने भारी बोझ को नीचे डाल दिया और कहा, "तुमको मुझमें बड़ी दिलचस्पी है? तो लो सुनो! मैंने अपने खर्च का अलग-अलग हिसाब कर रखा है। मैं छह टके रोज कमाता हूँ, जिसमें से एक टका अपने बोहरे को देता हूँ, एक टका आसामी को देता हूँ एक टका मंत्री को देता हूँ, एक टका अपने पर खर्च करता हूँ, एक टका खजाने में डालता हूँ, और एक टका अतिथि-सत्कार में खर्च करता हूँ।"

लकड़हारे की बातें राजा को बड़ी ही अजीब लग रही थीं, लेकिन बड़ी रसीली भी। वह मन-ही-मन सोच रहा था, छह टके रोज कमानेवाले का बोहरा भी है, आसामी भी है, मंत्री भी है—क्यों न होगा, जब अपने आपको राजा भोज कहता है, और खजाना भी है। आश्चर्य तो यह है कि अतिथि-सत्कार में भी खर्च करता है! लेकिन यह सब क्या पहेली है? बोहरा कौन है? आसामी कौन है? इसका मंत्री कौन है? राजा ने पूछा, "भाई! यह तो बताओ, तुम्हारा बोहरा कौन है?"

लकड़हारे ने बड़ी सरलता से कहा, "तुम नहीं जानते, मेरा बोहरा कौन है? आदमी तो बड़े होशियार लगते हो, इतना भी नहीं मालूम! खैर, मैं बताता हूँ। माँ-बाप मेरे बोहरे हैं, जिन्होंने मुझे पाल-पोसकर बड़ा किया, अपने खून-पसीने की कमाई से मेरा भरण-पोषण किया, यह आशा लगाई कि बुढ़ापे में यह हमारी सेवा करेगा। क्या वे बोहरे नहीं हैं? बोहरा आसामी को इसी आशा से देता है कि वह समय पर ब्याज के साथ लौटा देगा। क्या माँ-बाप पुत्र से ऐसी आशा नहीं करते?"

"बिल्कुल ठीक बात है, तुम्हारी।" राजा ने सिर धुनकर कहा।

"तो इसलिए मैं रोज एक टका अपने माँ-बाप की सेवा में लगाता हूँ, क्योंकि वे मेरे बोहरे हैं।"

"और आसामी कौन है भाई?" राजा ने पूछा।

"आसामी हैं मेरे पुत्र-पुत्रियाँ! वे अभी कमा नहीं सकते। इसलिए उनके

भरण-पोषण की सब जिम्मेदारी मेरी है, अभी उनकी व्यवस्था करना मेरा उत्तरदायित्व है। वे जब बड़े होंगे तो माता-पिता के इस ऋण को चुकाएँगे। इसलिए वे मेरे आसामी हैं।"

"बहुत खूब! और मंत्री कौन है?" राजा ने मुसकराकर पूछा।

"पत्नी मेरी मंत्री है। वह सुख-दुःख में मेरी सहायता करती है, मौके पर सच्ची सलाह देती है। उदासी और चिंता के समय धैर्य बँधाती है, समय पर अपना सर्वस्व अर्पण करके भी पति की जीवन-बाती जगमगाती रखने का प्रयत्न करती है। भाई, उससे बढ़कर और मंत्री कौन होगा?"

राजा लकड़हारे की बात पर गद्गद हो उठा। उसके कंधे पर हाथ रखकर उसने कहा, "भाई! तुम बात तो बड़े पते की कह रहे हो। स्त्री के प्रति तुम्हारे मन में इतनी ऊँची और आदरपूर्ण भावना है, तो सचमुच ही तुम राजा हो। दरअसल सच्चा मंत्री तो पत्नी ही है।"

"हाँ तो, इसलिए मैं एक टका अपने मंत्री को देता हूँ और एक टका अपने खजाने में डालता हूँ।"

"तुम्हारे पास खजाना भी है?" राजा ने पूछा।

"क्यों नहीं, खजाना ही तो राजा का बल है। जो आदमी अपनी आमदनी में से भविष्य के लिए कुछ बचाता नहीं, उसे समय पर पछताना पड़ता है। इसलिए मैं प्रतिदिन एक टका अपने खजाने में डाल देता हूँ और एक टका अपने लिए खर्च कर देता हूँ। अपने शरीर की भूख-प्यास, वस्त्र की आवश्यकता आदि को बस एक टके में पूरी कर लेता हूँ।"

"शेष बचे एक टके का क्या करते हो भाई?" राजा ने पूछा तो लकड़हारे ने कहा, "तुम्हें मालूम नहीं, अतिथि-सत्कार करना गृहस्थ का धर्म है। घर पर कोई मेहमान या अतिथि आ गए तो उनका स्वागत करना, प्रेम से आसन देना, मीठी वाणी बोलना और जैसा हो पाए, उनका स्वागत-सत्कार करना गृहस्थ का कर्तव्य होता है। अब यदि मेरे पास कुछ नहीं हो, तो मैं अपना यह कर्तव्य कैसे पालन करूँगा, इसलिए मैं अपने अतिथि के लिए अपनी आमदनी में से एक टका निकालकर रखता हूँ। भाई! यह मेरा हिसाब-किताब है, इस तरह से मेरी गाड़ी बड़े आराम से चल रही है।"

राजा भोज ने लकड़हारे की बातें सुनीं और आश्चर्यपूर्वक सोचने लगा, 'मैं तो नाम का राजा भोज हूँ, वास्तव में तो राजा भोज यही है। इसके जीवन में कितनी व्यवस्था, कितनी कर्तव्यपरायणता और कितना आनंद है! छह टके रोज कमाकर यह अपने परिवार का भरण-पोषण करता है, अतिथि की सेवा भी करता है और भविष्य के लिए बचाता भी है। कितना सुखमय है इसका जीवन!'

□

36

झूठ-फरेब का महल

एक राजा ने अपने राज्य के सबसे कुशल कारीगर से कहा, "तुम मेरे लिए एक बहुत सुंदर महल बनाओ। धन की कमी नहीं है। तुम जितना माँगोगे, उतना मिलेगा।"

कारीगर में कामचोरी और आलस्य की प्रवृत्ति आ चुकी थी। कारीगर महल बनाने में जुट गया। काम करते-करते उसके मन में एक बुरा विचार उठा कि क्यों न रद्दी, घटिया किस्म का सामान लगाकर ऊपर से महल को सुंदर बना दूँ! और यही किया उसने। अंदर से भुसभुसी दीवारें खड़ी होती गईं, ऊपर से सीमेंट का मुलम्मा चढ़ता गया। अंदर से खोखला, परंतु ऊपर से सोने की चमक-दमकवाला महल जिस दिन तैयार हुआ, कारीगर राजा की सेवा में उपस्थित हुआ और बोला, "महाराज महल तैयार है।"

राजा महल का निरीक्षण करने के लिए आए। महल वास्तव में बहुत सुंदर दिखाई पड़ रहा था। उन्होंने कारीगर की भूरि-भूरि प्रशंसा की। बोले, "मैं बहुत प्रसन्न हूँ। तुम्हें क्या पुरस्कार दूँ, यही सोच रहा हूँ मैं।"

फिर थोड़ी देर बाद वे बोले, "अच्छा लो, यही महल मैं तुम्हें पुरस्कार में देता हूँ।"

राजा चले गए। कारीगर मुँह छिपाकर रोने लगा।

क्यों रोया कारीगर? वह खोखला-पोला महल उसी के मत्थे मढ़ गया। जो दूसरों के लिए गड्ढा खोदता है, उसी को पहले उस गड्ढे में पैर रखना पड़ता है। जो झूठ-फरेब का महल खड़ा करता है, उसी के हिस्से में वह पड़ता है।

□

37

परस्त्री माता समान

छत्रपति शिवाजी के एक वीर सेनापति ने कल्याण का किला जीता। काफी अस्त्र-शस्त्र के अलावा अटूट संपत्ति भी उसके हाथ लगी। एक सैनिक ने एक मुगल किलेदार की परम सुंदर बहू उसके समक्ष पेश की। वह सेनापति उस नवयौवना के सौंदर्य पर मुग्ध हो गया और उसने उसे शिवाजी को नजराने के रूप में भेंट करने की ठानी। उस सुंदरी को एक पालकी में बिठाकर वह शिवाजी के पास पहुँचा।

शिवाजी उस समय अपने सेनापतियों के साथ शासन-व्यवस्था के संबंध में बातचीत कर रहे थे। वह सेनापति उन्हें प्रणाम कर बोला, "महाराज! कल्याण से प्राप्त एक सुंदर चीज आपको भेंट कर रहा हूँ।" और उसने पालकी की ओर इंगित किया।

शिवाजी ने ज्यों ही पालकी का परदा हटाया, उन्हें एक खूबसूरत मुगल नवयौवना के दर्शन हुए। उनका शीश लज्जा से झुक गया और उनके मुख से निम्न उद्‌गार निकले, "काश! मेरी माताजी भी इतनी खूबसूरत होतीं, तो मैं भी खूबसूरत होता!"

फिर उस सेनापति को डाँटते हुए बोले, "तुम मेरे साथ रहकर भी मेरे स्वभाव को न जान सके? शिवाजी दूसरों की बहू-बेटियों को अपनी माता की तरह मानता है। जाओ, इसे ससम्मान इसके घर लौटा आओ।"

□

38

लक्ष्मी श्रेष्ठ या विष्णु?

कहते हैं, एक बार विष्णु और लक्ष्मी में विवाद छिड़ा कि कौन अधिक जनप्रिय है! बस, इस विवाद को निरखने-परखने दोनों मृत्युलोक में चले आए। विष्णु एक संन्यासी के रूप में एक सेठ के आलीशान बँगले में आ गए। नियमित रूप से सत्संग करने लगे। कथा सुनकर सेठ-सेठानी, पुत्र और पुत्रवधू जहाँ अपने भाग्य की सराहना करते थे, वहाँ हजारों लोगों की भीड़ भी झूम उठती थी। प्रतिदिन वृद्धिगत उमड़ते हुए इस जनसमूह को देखकर विष्णु का मन नौ-नौ बाँस उछलता था। एक दिन कथा का मजमा अच्छे ढंग से जमा हुआ था, इतने में लक्ष्मी एक बूढ़ी भिखारिन का रूप बनाकर वहाँ आईं। द्वार पर खड़ी रहकर 'पानी पिलाओ-पानी पिलाओ' चिल्लाने लगीं। सेठानी ने दो-चार बार सुना-अनसुना किया, पर बार-बार उसकी आवाज सुनकर पुत्रवधू से जल पिलाने को कहा। पुत्रवधू भी कथा के सरस प्रसंग को छोड़ना नहीं चाहती थी, पर सास का आदेश जो था। बेचारी करे भी तो क्या? वहाँ से जल्दी-जल्दी उठी, पानी का लोटा भरकर ले आई। जब उसे पिलाने लगी तो भिखारिन रूपी लक्ष्मी ने अपनी झोली में से एक रत्नजटित स्वर्ण कटोरा निकाला और उसमें पानी पिया। "पानी गरम है" कहकर कटोरा फेंक दिया। थोड़ा ठंडा पानी और लाने को कहा।

पुत्रवधू कटोरा देखकर हैरान हो गई। जाकर ठंडा पानी लेकर आई। उसने थोड़ा सा पिया और बोली, "ठंडा तो है, पर खारा है" कहकर पानी गिराकर कटोरा वहीं फेंक दिया। चार-पाँच कटोरों को यों फेंके देखकर बहू की बुद्धि चक्कर खाने लगी। दौड़ी-दौड़ी अंदर गई सास को लेने। सास ने जब आकर देखा तो सोचा कि ये लक्ष्मी ही हैं या कोई भिखारिन? आगे जाती लक्ष्मी का पैर

पकड़कर कहा, "ये कटोरे यहाँ छोड़कर कहाँ जा रही हैं?"

"मेरा तो नियम कुछ ऐसा ही है। मैं जहाँ जल पीती हूँ, भोजन करती हूँ, उन रत्नजटित स्वर्ण थालों को-कटोरों को वहीं छोड़ दिया करती हूँ। जिसमें एक बार जल पी लेती हूँ, उसमें दुबारा पीना मेरे धर्म के खिलाफ है।"

सेठानी, सेठ और अड़ोसी-पड़ोसी सब उसे सेठ के यहाँ रहने के लिए आग्रह-भरी प्रार्थना करने लगे। यह अपनी अलमस्ती से बोली, "जिस मकान में साधु ठहरा हुआ है, मैं वहाँ कैसे ठहर सकती हूँ?"

लक्ष्मी की साक्षात् मूर्ति को ठुकराकर लोग स्वर्ग-नरक की चर्चा सुनने उस बाबा को अपने यहाँ रखें, यह भला कब संभव हो सकता था? पड़ने लगे बाबा को धक्के! जल्दी-से-जल्दी उसे घर से बाहर निकाल दिया गया। संन्यासी, ''जाता हूँ, जाता हूँ'' कहता जा रहा था, "मैंने पहले ही कहा था, मैं चार महीने यहीं रहूँगा। तुम अपने वादे से मुकर रहे हो।" पर सुने कौन?

तब भिखारिन बोली, "तुम लोग जब इनसे वचनबद्ध थे, फिर भी इन्हें निकाल रहे हो? तो कल मेरे साथ भी ऐसा ही करोगे! ऐसों के यहाँ मैं भी नहीं रहना चाहती।"

संन्यासी और भिखारिन के रूप में लक्ष्मी ने जाते-जाते विष्णु से पूछ ही लिया, "क्यों, देख लिया न, कौन अधिक प्रिय है?"

□

39

विनोबा का संदेश

भू-दान यज्ञ के सिलसिले में देश के विभिन्न भागों की पदयात्रा करते हुए विनोबा अजमेर आए। वहाँ अमेरिका के एक युवक ने विनोबा से भेंट की। इधर-उधर की बात करके युवक ने कहा, "मैं अपने देश लौट रहा हूँ। मेरे देशवासियों को आप कुछ संदेश दे दीजिए।"

विनोबा ने कहा, "मैं तो छोटा सा आदमी हूँ। इतने बड़े देश को क्या संदेश दूँ?"

युवक बोला, "आप भारत की एक महान् विभूति हैं। ज्ञान-वृद्ध हैं। कुछ तो कहिए।"

युवक के आग्रह पर विनोबा ने जो संदेश दिया, वह सबकी आँखें खोल देनेवाला था। उन्होंने कहा, "आप स्वदेश लौटकर अपने देशवासियों से कहिए कि वे साल में 364 दिन खूब विनाशकारी अस्त्रों का निर्माण करें। आपका देश बड़ा है। आपकी फैक्टरियों को काम चाहिए। लेकिन 365 वें दिन वे सारे अस्त्रों को उठाकर समुद्र में फेंक दें।"

युवक अवाक् रह गया।

□

40

एकाग्रता एवं स्मरणशक्ति

स्वामी विवेकानंद को पुस्तकें पढ़ने का बहुत शौक था। एक बार वे 'एनसाइक्लोपीडिया ब्रिटानिका' पढ़ रहे थे, जो कई भागों में एक महान् ग्रंथ था। उसमें पच्चीस भागों में संसार भर की अपूर्व जानकारियों का संग्रह था। उनके एक मित्र शरद बाबू ने उनसे कहा, "इस ग्रंथ को संपूर्ण पढ़ना तो असंभव है।" स्वामीजी तब तक इस ग्रंथ के दस भाग पढ़ चुके थे। उन्होंने कहा, "इन दस भागों में, जिन्हें मैं पढ़ चुका हूँ, तुम कुछ भी मुझसे पूछ सकते हो।"

शरद बाबू स्वामीजी की बात सुनकर स्तंभित से रह गए। उनके मन में जिज्ञासा की अग्नि प्रज्वलित हो उठी। उनका मन सहज में स्वामीजी की बात स्वीकार करने को तैयार ही न था। अत: उन्होंने उनमें से प्रत्येक खंड से छाँट-छाँटकर कुछ कठिन प्रश्न डरते-डरते स्वामीजी से पूछ डाले। उस समय उनके विस्मय का ठिकाना ही न रहा, जब उन्होंने देखा कि स्वामीजी ने बिना किसी भी प्रकार की असुविधा के उनके सभी प्रश्नों का न केवल उत्तर दे दिया, अपितु तकनीकी जानकारी भी दे दी। साथ ही कहीं-कहीं तो पुस्तक की भाषा के अंश ज्यों-के-त्यों सुना दिए। शरद बाबू अपने को रोक न सके। वे बोल उठे, "स्वामीजी! यह मानव शक्ति से परे है। आप सचमुच मनुष्य नहीं, साक्षात् परमेश्वर हैं।" कहते-कहते उनका सिर स्वामीजी के चरणों में झुक गया। बालोचित सरलता के साथ स्वामीजी ने अज्ञानांधकार को चीरते हुए कहा, "छि:-छि: कैसी बात करते हो? मानव को इतना छोटा मत समझो। उसके अंदर साक्षात् परब्रह्म का वास है। वह क्या नहीं कर सकता है? इसमें कोई चमत्कार

नहीं है। यदि कोई भी व्यक्ति पूर्ण ब्रह्मचर्य का पालन करे, तो वर्षों बीत जाने के बाद भी एकाग्रचित्त होकर सुनी गई या पढ़ी गई कोई भी बात पक्के ढंग से स्मरण रखकर ज्यों-का-त्यों वह पुनः प्रकट कर सकता है। इसी ब्रह्मचर्य के अभाव में हमारा राष्ट्र बुद्धि, बल और पौरुष में कंगाल बनता जा रहा है।"

□

41

नियम के पक्के

भारत के प्रतिभाशाली इंजीनियर डॉ. विश्वेश्वरैया 'भारत रत्न' की उपाधि लेने दिल्ली आए थे। सरकारी मेहमान होने के नाते उन्हें राष्ट्रपति भवन में ठहराया गया था।

एक दिन प्रातः तत्कालीन राष्ट्रपति डॉ. राजेंद्र प्रसाद से वे बोले, "अब मुझे इजाजत दीजिए।"

राजेंद्र बाबू ने कुछ दिन और ठहरने का आग्रह किया, लेकिन उन्होंने कहा, "चूँकि राष्ट्रपति भवन का नियम है कि कोई व्यक्ति यहाँ तीन दिन से अधिक नहीं ठहर सकता, इसीलिए अब मैं रुक नहीं सकूँगा।" राजेंद्र बाबू ने जोर दिया, "यह नियम पुराना है। इस पर ध्यान नहीं दीजिए और यह आपके लिए लागू नहीं होगा।"

लेकिन डॉ. विश्वेश्वरैया ने राजेंद्र बाबू की बात नहीं मानी और उनसे विदा लेकर कहीं और ठहरने चले गए। जिस तरह डॉ. विश्वेश्वरैया वक्त के पाबंद थे, उसी तरह नियम के भी बड़े पक्के थे।

□

42

आत्मा की ज्योति

महान् दार्शनिक पाल ब्रंटन भारतीय संस्कृति एवं आचार की खोज करने के लिए भारत आया और वर्षों तक सारे भारत के महापुरुषों से मिलता रहा। अंत में वह श्री रमण महर्षि से मिला और उसने अपनी यात्रा का वर्णन एक पुस्तक में लिखा, जिसका शीर्षक था—'गुप्त भारत की खोज।'

उसने रमण महर्षि को सब महापुरुषों के साथ हुई बात बताई और कहा कि मैं ज्ञान के आलोक का अनुभव करना चाहता हूँ।

महर्षि ने पूछा, "तुम क्या जानना चाहते हो?"

पाल, "मैं जानना चाहता हूँ कि आत्मा क्या है और कहाँ है?"

महर्षि, "तुम 'मैं' कहते हो। यह 'मैं' क्या चीज है?"

पाल ब्रंटन ने अपना नाम बता दिया।

महर्षि, "यह नाम तो तुम्हारे शरीर का है। तुम कौन हो?"

पाल, "यह मैं नहीं जानता। इसे जानने के लिए मुझे क्या करना चाहिए?"

महर्षि, "तुमको 'मैं' और 'मेरा' का अंतर समझना होगा। अंतर समझते ही ज्ञान की ज्योति प्रकट हो जाएगी।"

पाल, "मैंने बहुत प्रयत्न किया, पर आत्मा की ज्योति नहीं मिली। क्या इसमें गुरु की सहायता की आवश्यकता होती है?"

महर्षि, "हो भी सकती है, पर आत्मा की वास्तविक ज्योति तो साधक को अपने आप ही प्राप्त करनी होगी। अपनी आत्मा के बारे में गहरा ध्यान लगाने से तथा निरंतर मनन से आत्मा की ज्योति मिल सकती है। 'मैं' और 'मेरा' इसमें जो अंतर है, वह समझ लोगे तो आत्मा का ज्ञान प्राप्त हो जाएगा। जब तुम जान लोगे

कि 'मैं' सचमुच न शरीर है, न मन है और न मेरी कामनाएँ ही हैं, तो तुम्हें अपने अंत:स्थल से इस प्रश्न का जबाब मिल जाएगा कि 'मैं' क़ौन हूँ? यही आत्मा है, आत्म-जागरण है। तुम अपनी आत्मा को ही अपना गुरु बनाओ।"

□

43

महाराज भर्तृहरि

(जीवन की वास्तविकता का दर्शन करानेवाले महाकवि)

संस्कृत साहित्य में महाकवि भर्तृहरि का नाम प्रख्यात है। उन्होंने 670 वर्ष पूर्व जीवन की तीन विधाओं—श्रृंगार, नीति और वैराग्य पर 100-100 श्लोकों के तीन शतक रचे, जो आज भी विद्वानों में चर्चा के विषय हैं। वे एक महान् व्याकरणज्ञ भी थे।

कहते हैं कि संन्यास लेने के पूर्व वे अवंतिका (उज्जैन) के प्रतापी राजा थे। वे बड़े ही बुद्धिमान, कुशल और न्यायप्रिय शासक थे तथा उनकी प्रजा बहुत सुखी थी। उनकी कई रानियाँ थीं, जिनमें से पिंगला उनकी सर्वप्रिय रानी थी। वे अधिक समय उसके साथ बिताते थे। उनके पास घोड़ों का एक बहुत बड़ा अस्तबल था, जहाँ उत्तमोत्तम प्रकार के घोड़े रखे जाते थे।

एक दिन की बात है कि एक संन्यासी उनके राज्य में उनसे मिलने को आया। राजा ने उसकी आवभगत की। संन्यासी ने कहा, "राजन! मैं एक विशेष उद्देश्य से आपके पास आया हूँ। मैंने आपकी बड़ी प्रशंसा सुनी है कि आप एक प्रजापालक राजा हैं तथा लोकप्रिय हैं। मैंने बहुत बड़ी तपस्या करके एक अमरफल प्राप्त किया है। इस फल को खानेवाला हमेशा जवान बना रहेगा। मैं यह फल आपको भेंट में दे रहा हूँ, आप इसे स्वीकार करें।" ऐसा कहकर उसने वह फल राजा को दे दिया।

राजा भर्तृहरि ने सोचा कि अगर मैं यह फल अपनी रानी को दे देता हूँ तो वह हमेशा जवान बनी रहेगी तथा मैं निरंतर उसका सुख भोग प्राप्त करता रहूँगा।

अत: रात्रि को उन्होंने वह फल रानी पिंगला को दे दिया। लेकिन रानी पिंगला का वास्तविक प्रेम अस्तबल के प्रमुख अश्वपाल से था। उसने वह फल अश्वपाल को दे दिया। अश्वपाल का प्रेम एक वेश्या से था। उसने वह फल उस वेश्या को दे दिया। वेश्या ने पूछा, "यह फल आप कहाँ से लाए हैं।" अश्वपाल ने उत्तर दिया, "यह बात तुम किसी से कहना नहीं। तुम सुबह स्नान कर इसे खा लेना, किसी दूसरे को मत देना।" वेश्या मन में सोचने लगी—'मैंने तो बहुत पाप किए हैं। अमरफल पाकर मैं और पाप क्यों करूँ? इस फल को खाने के लायक तो राजा हैं, वे इस फल को खाएँगे तो अमर हो जाएँगे तथा हमेशा गरीब लोगों का फायदा करेंगे।' यह सोचकर वह राजा के पास गई और उसने उस फल को राजा को दे दिया।

राजा चौकन्ना हो गए कि यह फल इसके पास कैसे पहुँच गया? उन्होंने पूछा, "यह फल तेरे पास कैसे आया? सच-सच बता, नहीं तो तेरी खैर नहीं है।" वेश्या ने कहा, "मेरे पास तो अनेक लोग आते हैं, फिर भी आप उसे प्राणांत की सजा न दें तो मैं नाम बता सकती हूँ।" राजा ने कहा, "तू विश्वास रख, मैं उसका अहित नहीं करूँगा।" वेश्या ने अश्वपाल का नाम बता दिया।

राजा ने उसे बुलाया और पूछा, "सच बता, यह फल तुझे किसने दिया? सच बताएगा तो तुझे माफ कर दिया जाएगा, वरना तुम्हारा अहित हो जाएगा।"

अश्वपाल ने कहा, "राजन! यह फल मुझे रानी पिंगला ने दिया है।"

यह सुनकर राजा स्तब्ध रह गए। जिसे मैं अपनी मान रहा हूँ, वह तो परपुरुष से प्रेम कर रही है। धिक्कार है इस संसार को! यहाँ काम-विकार का कैसा साम्राज्य चलता है? मुझे पिंगला से प्रेम है, पर पिंगला का प्रेम अश्वपाल से है और अश्वपाल का वेश्या से! वे महल में जाकर सो गए, पर उन्हें नींद नहीं आई। उन्हें संसार से विरक्ति हो गई।

पिंगला से कहा, "कल तुम वही साड़ी पहनकर राजसभा में आना, जो तुमने शादी के समय पहनी थी।" दूसरे दिन पिंगला सोलह शृंगार कर सिंहासन पर आ बैठी। वह सोची कि आज कुछ नई बात होनेवाली है। सभासद भी यथास्थान बैठ गए।

राजा ने घोषणा किया है, "आज तक मैंने इस राज-पाट को अपना माना

था। पर आज ज्ञात हुआ कि जिसे मैं अपना मान रहा हूँ, वह मेरा नहीं है। मैं उसका त्याग करता हूँ और इसका सारा भार पिंगला को सौंपकर संन्यासी बन रहा हूँ।"

पिंगला कहा, "यह आप क्या कह रहे हैं? आपके बिना मैं इसे कैसे निभा सकूँगी? आपके बिना मेरा एक क्षण भी रहना कैसे संभव होगा?"

राजा ने कहा, "पिंगला! तूने मुझे जाग्रत् कर दिया है। जो अमरफल मैंने तुझे दिया था, वह घूम-फिरकर वापस मेरे पास ही आ गया है।" यह सुनकर पिंगला का सिर नीचे हो गया। उसकी स्थिति ऐसी हो गई कि अगर धरती फट जाए तो वह उसमें समा जाए!

रानी ने कहा, "अपराधी मैं हूँ, मेरे खातिर आप क्यों संसार छोड़ रहे हैं?"

राजा बोले, "तू तो निमित्त मात्र है। तुमने मेरे ज्ञान-चक्षु खोल दिए हैं तथा संसार के वास्तविक स्वरूप को बता दिया है।" यह कहकर भर्तृहरि संन्यासी बनकर चले गए।

□

44

पावन तीर्थ

स्वामी विवेकानंद ने विदेशों का भ्रमण किया। भ्रमण करते हुए उन्हें काफी वर्ष बीत गए। देश की याद जब स्वामीजी को विह्वल करने लगी तो उन्होंने भारत लौटने का निर्णय किया। तब एक अंग्रेज मित्र ने उनसे पूछा, "स्वामीजी! पाश्चात्य देशों में इतने साल गुजारने के बाद अब भारतवर्ष आपको कैसा लगेगा?"

भावुक होकर स्वामीजी ने उत्तर दिया, "पाश्चात्य देशों में आने के पूर्व मैं भारत से प्यार करता था, पर अब तो भारत की हवा और मिट्टी तक मेरे लिए पवित्र है। भारतवर्ष अब मेरे लिए परम पावन तीर्थ है।"

□

45

संपत्ति का सदुपयोग

भगवान् बुद्ध की एक उपासिका थी। नाम था विशाखा। बहुत धनाढ्य परिवार की कुलवधू थी। एक दिन वह बुद्ध की धर्मसभा में आई। उसने अपने आभूषण उतारकर दासी को दे दिए कि वापस जाते समय पहन लूँगी। लौटते समय उसने आभूषण माँगे तो दासी ने कहा, "स्वामिनी, मैं तो आभूषण वहीं भूल आई हूँ।"

विशाखा ने कहा, "जा, वहाँ पड़े हों तो ले आ। यदि किसी भिक्षु ने उसे उठाकर कहीं और रख दिया हो तो मत लाना।" दासी भागकर गई। वह इधर-उधर आभूषण की थैली खोजने लगी। उसको भिक्षु आनंद नजर आए। उन्होंने पूछा, "क्या हुआ ?" उसने कहा, "स्वामिनी के आभूषण एक थैली में रखे थे। मैं यहीं भूल गई।" आनंद ने उसको इशारे से बताया, "तुम्हारा वह आभूषण सुरक्षित ऊपर रखा हुआ है।" दासी लौटकर विशाखा के पास आई और कहा कि आपका आभूषण सुरक्षित है। उसको भिक्षु आनंद ने ऊपर रख दिया है। विशाखा भिक्षु आनंद के पास आई और बोली, "भंते! इस आभूषण को आपके हाथ का स्पर्श हो गया है, इसलिए मैं इसे आपके संघ को दान करती हूँ।"

विशाखा की उदारता देखकर आनंद गद्गद हो गए और उन्होंने भगवान् बुद्ध को यह बात कही। बुद्ध ने कहा, "देवी। हम श्रमणों का इस आभूषण से क्या प्रयोजन ? यह आपका ही है, आप इसे ले जाएँ।" विशाखा ने कहा, "भंते! मैंने इसे एक बार दान दे दिया है, अतः मैं इसे वापस नहीं ले सकती। मैं इसे

बेचकर इसकी कीमत आपके मठ में लगा दूँगी।" उसने श्रावस्ती में मूल्य पुछवाया तो जौहरियों ने एक करोड़ रुपया बताया। विशाखा ने उसको बेचकर एक नया मठ बनाकर बुद्ध को समर्पित कर दिया।

□

46

महासती अंजना

अंजना कुमारी के पिता का नाम महेंद्र कुमार था, जो बड़े प्रतापी सामंत थे। उन्होंने अंजना को उच्च कोटि की शिक्षा और संस्कार दिए। युवावस्था होने पर उन्होंने अंजना का विवाह करने का विचार किया। उन्होंने अपने पड़ोस के राज्यों के कई राजकुमारों के विवरण एवं चित्र मँगवाए। उनमें से दो राजकुमारों को पसंद किया गया। बाद में पता चला कि पहला राजकुमार तो संसार से विरक्त है तथा उसकी विवाह करने की इच्छा नहीं है। अत: दूसरे राजकुमार को, जिसका नाम पवन कुमार था, पसंद कर लिया गया। पवन कुमार उनके पड़ोसी सामंत रिपुदमन का पुत्र था। वह बहुत सुंदर, सुशील और बहादुर था। महेंद्र कुमार ने रिपुदमन से संपर्क कर अंजना की सगाई पवन कुमार से कर दी तथा बहुत धूमधाम से विवाह की तैयारियाँ शुरू हो गई। एक दिन मध्याह्न बेला में पवन कुमार अपने मित्रों के साथ विनोदपूर्ण वार्त्ता कर रहा था। उसके सभी मित्र अंजना की बहुत प्रशंसा कर रहे थे। तब एक मित्र, जो अंजना के भाई का भी मित्र था, उसने बताया कि अंजना के पिता ने अनेक युवकों में से दो युवकों को पसंद किया था, उनमें से सर्वश्रेष्ठ युवक अभय कुमार था। अंजना ने भी उसका चित्र देखकर उसे पसंद किया था। लेकिन बाद में पता चला कि उसकी शादी में रुचि नहीं थी। अत: अंजना के पिता ने दूसरे युवक पवन कुमार के साथ शादी तय कर दी।

यह सुनकर पवन कुमार को अपना अपमान महसूस हुआ और उसके मन में अंजना से विरक्ति हो गई। थोड़े दिनों बाद उसकी शादी अंजना से हो गई, लेकिन पवन अंजना के पास नहीं आया।

कुछ दिनों बाद पड़ोस से एक राजा ने रिपुदमन के राज्य पर अचानक आक्रमण कर दिया तथा रिपुदमन युद्ध के लिए प्रस्थान करने को तैयार हुआ। जब पवन कुमार को पता चला तो उसने पिता से कहा कि आप युद्ध में कैसे जा सकते हैं, युद्ध में तो मैं जाऊँगा। तब पिता ने कहा कि अभी ही तो तुम्हारी शादी हुई है, अतः तुम्हें घर पर ही रहना चाहिए। लेकिन पवन कुमार नहीं माना। वह एक बड़ी सेना लेकर युद्ध करने को रवाना हो गया। एक दिन पवन कुमार अपने एक मित्र के साथ बैठा हुआ था। उस समय चाँदनी रात थी। वहाँ एक पेड़ के ऊपर एक चकवा-चकवी बातें कर रहे थे। चकवे ने चकवी से कहा कि यह राजकुमार बहुत दुर्भाग्यवान है, जो अपनी परम सुंदरी, शीलवती पत्नी के पास भी नहीं जाता। पवन के मित्र ने, जो पशु-पक्षियों की बोली समझना जानता था, यह बात पवन को बताई। पवन ने सोचा कि यह अंजना के साथ बहुत बड़ा अन्याय हो गया है। वह पुष्पक विमान चलाना जानता था। उसने कहा कि मैं रात्रि में ही अपने राज्य में जाऊँगा और अपनी पत्नी से मिलूँगा। वह रात्रि में पुष्पक विमान लेकर चला गया तथा महल में जाकर पत्नी से क्षमा माँगी। प्रातः काल लौटने के समय उसने अपनी मुद्रिका और कड़ा अपनी पत्नी को दे दिया तथा कहा कि तुम माँ से कह देना कि मैं रात को आया था। लेकिन अंजना ने संकोच के कारण यह बात माँ को नहीं बताई। यह घटना अंजना और उसकी एक दासी के अतिरिक्त किसी को विदित नहीं हुई।

कुछ महीनों के पश्चात् अंजना गर्भवती हो गई। तब उसकी दासी ने यह बात अंजना की सास को बताई, पर उसने विश्वास नहीं किया तथा अंजना को कलंकिनी कहकर घर से निकाल दिया। अंजना अपनी दासी के साथ पीहर गई, पर उसकी माँ ने भी उस पर विश्वास नहीं किया तथा उसको अपने यहाँ रखने से इनकार कर दिया। तब दुःखी हो अंजना भटकती हुई एक जंगल में चली गई। वहाँ एक साधु महात्मा का आश्रम था। उन्होंने उसे आश्रय दिया तथा वहीं उसको एक पुत्र उत्पन्न हुआ। महात्माजी ने कहा कि तुम्हारा पुत्र सूर्य के समान तेजस्वी होगा। उन्होंने पुत्र का नाम 'हनुमान' रखा। पाँच वर्षों के लंबे युद्ध के बाद पवन विजयी होकर अपने राज्य में लौटे। वहाँ पर अपने महल में जाने पर उनको अंजना नहीं दिखी। तब माँ ने सारी घटना सुनाई तथा कहा कि वह तो कलंकिनी

है, अतः मैंने उसे घर से निकाल दिया। पवन ने कहा कि यह बात सही नहीं है। मैं स्वयं महल में आया था तथा मैंने अपनी मुद्रिका अंजना को दी थी। फिर पवन उसे खोजने ससुराल गया, पर वहाँ उसे पता चला कि वहाँ से भी उसे निकाल दिया गया। फिर बहुत खोजने पर अंजना उसे साधु के आश्रम में मिली। उसने अपनी पत्नी से क्षमा माँगी। फिर महात्माजी से अनुमति लेकर पुष्पक विमान से रवाना हो गया। हनुमान बहुत चंचल थे। जब ये पति-पत्नी आपस में बातचीत कर रहे थे, तब हनुमान अचानक विमान से कूद पड़े। पवन ने विमान को नीचे उतारा। उसे आश्चर्य हुआ कि हनुमान तो पूर्णतः सुरक्षित हैं, पर शिला खंडित हो गई है। फिर वह दोनों को लेकर राज्य लौट आया। उसके पिता ने एक शोभायात्रा निकालकर उसका स्वागत किया। अंजना की सास ने अंजना से माफी माँगी। तब अंजना ने कहा, "माताजी इसमें आपका कोई कसूर नहीं है। यह तो मेरे ही कर्मों का फल है, जो उदय हो गया था।"

पवन ने हनुमान को गुरुकुल भेजकर श्रेष्ठ शिक्षा दी तथा शिक्षा पूर्ण होने पर उसे सुग्रीव के पास भेज दिया। हनुमान बहुत वीर और पराक्रमी थे। शीघ्र वे सेना के नायक बन गए। उन्हीं दिनों सीता का अपहरण हो गया था। अतः रामचंद्र सीता को खोजते हुए किष्किंधा आए। सुग्रीव ने हनुमान को सीताजी की खोज करने को कहा। हनुमान समुद्र को लाँघकर लंका गए तथा वहाँ अशोक वाटिका में सीता का पता लगाया। बाद में रामचंद्र और रावण की सेनाओं में भयंकर युद्ध हुआ तथा रामचंद्रजी रावण को पराजित कर सीता को लेकर अयोध्या लौटे।

चौदह वर्ष के वनवास के बाद रामचंद्रजी, लक्ष्मण, सीता व हनुमान के साथ अयोध्या लौटने पर भव्य राज्याभिषेक उत्सव मनाया गया। उस उत्सव में अयोध्या के राजपरिवार के सभी लोग तथा हजारों नागरिक उपस्थित थे। लेकिन रामचंद्र ने देखा कि अंजना वहाँ उपस्थित नहीं थीं। उन्होंने बार-बार रनिवास की तरफ देखा किंतु अंजना को नहीं देखकर चिंतित हुए। राज्याभिषेक के बाद रामचंद्रजी ने हनुमान से पूछा कि तुम्हारी माता अंजना क्यों नहीं आईं, तो हनुमान ने उत्तर दिया कि मैं प्रातः काल उनसे मिलकर आया था, वे क्यों नहीं आईं, यह मुझे मालूम नहीं है। तब रामचंद्र भी हनुमान के साथ अंजना के घर आए। अंजना ने उनका स्वागत किया, लेकिन रामचंद्र ने महसूस किया कि उनके चेहरे

पर प्रसन्नता नहीं है। उन्होंने पूछा कि आज भव्य राज्याभिषेक उत्सव था, क्या आपको उसका पता नहीं चला? आप वहाँ क्यों नहीं आईं? अंजना ने उत्तर दिया कि मुझे पता सब था, मैं आपको हृदय से आशीर्वाद देती हूँ, लेकिन मेरे नहीं आने का कारण है कि मैं पुत्र हनुमान से खुश नहीं हूँ। तब रामचंद्र ने कारण पूछा, अंजना ने कहा कि मैंने शादी के बाद वर्षों तक ब्रह्मचर्य व्रत का पालन किया और बाद में ऐसे प्रतापी पुत्र को जन्म दिया, जो अकेले ही विश्व के किसी भी व्यक्ति को हरा सकता था। मुझे पता चला कि वह रावण से लड़ा ही नहीं और उसने उसका मुकाबला करने के लिए आपको बुलाया। तब रामचंद्र ने कहा कि हनुमान ने जैसी वीरता का कार्य किया, वैसा किसी ने नहीं किया। लेकिन मैंने उसको रावण को पराजित करने की आज्ञा नहीं दी थी। उसे तो केवल सीता को खोजने को कहा था। सेवक का कर्तव्य होता है कि वह मात्र स्वामी की आज्ञा का पालन करे। इसमें उसका कोई कसूर नहीं था। यह सुनने पर अंजना को अपनी भूल का समाधान प्राप्त हुआ और उन्होंने हनुमान को गले से लगा लिया।

अपने उज्ज्वल चारित्रिक गुणों के कारण अंजना को 'महासती' का गौरवपूर्ण पद प्राप्त हुआ।

(जैन रामायण की कहानी)

□

47

अभय कुमार का बुद्धि चातुर्य

राजा श्रेणिक राजगृह के शासक थे। उनकी कई रानियाँ थीं। सबसे छोटी का नाम था नंदा। एक दिन राजा उसके किसी काम से नाराज हो गया। उसने उसको महल से निकाल दिया। वह अपने पीहर चली गई। वहीं उसने एक पुत्र को जन्म दिया। नाम रखा 'अभय कुमार'। एक दिन उसके लड़के ने माँ से पूछा कि मेरे पिताजी कहाँ हैं? माँ ने कहा कि वे एक बहुत बड़े नगर के श्वेत भवन में रहते हैं। उस भवन में सोने के कंगूरे हैं। वह नगर यहाँ से दस कोस (16 किलोमीटर) दूर है। अभय कुमार ने कहा कि मैं वहाँ जाकर पिताजी से मिलूँगा।

अभय कुमार 12 वर्ष का हो गया था। वह राजगृह के पास के एक गाँव में पहुँच गया। वहाँ एक चौपाल लगी हुई थी, जिसमें पचास साठ व्यक्ति थे। सभी बढ़े चिंतित थे। अभय कुमार ने उनसे पूछा, "आप चिंतित क्यों हैं?" उन्होंने कहा, "हमारा राजा हमसे नाराज हो गया है। वह हमको असंभव कार्य करने को कहता है। अगर हम सही उत्तर नहीं देंगे तो वह हमको गाँव से निकाल देगा।" अभय कुमार ने पूछा, "अभी वह क्या कह रहा है?" उन्होंने कहा, "वह कह रहा है कि तुम लोग मिलकर एक ऐसा मंडप बनाओ, जो राजा के योग्य हो और उसे गाँव के बाहर पड़ी शिला से ढको। पर ध्यान रखो, शिला को उस स्थान से न उखाड़ा जाए।"

अभय कुमार ने कहा, "यह तो बहुत छोटी बात है। मैं तरीका बताता हूँ। आप सर्वप्रथम शिला से कुछ दूर चारों ओर की भूमि को खोद डालें। शिला के चारों ओर उसके नीचे ऐसे स्तंभ खड़े कर दें, जिन पर शिला टिक जाए। इसके बाद शिला के नीचे की मिट्टी निकाल दें। अंत में स्तंभों को जोड़ते हुए

सुंदर दीवारें खड़ी कर दें। इस प्रकार मंडप तैयार हो जाएगा।"

गाँववाले प्रसन्न हुए और उन्होंने मंडप बनाकर राजा को सूचित कर दिया।

कुछ दिनों बाद राजा ने गाँववालों के पास एक मुरगा भेजा और कहलया कि यह लड़ना नहीं जानता। इसको लड़ना सिखाया जाए, लेकिन शर्त है कि इसके पास दूसरा मुरगा नहीं हो।

इस बार भी गाँववाले चिंतित हुए और अभय कुमार के पास आए। अभय कुमार ने मुरगे को एक कमरे में रखा और उसके सामने एक बड़ा दर्पण रखा। वह मुरगा उस मुरगे को चोंच मारने लगा और कुछ दिनों में लड़ाकू बन गया। यह समाचार उन्होंने राजा को दे दिया।

इस बार राजा ने एक मेंढ़ा भेजा और आज्ञा दी कि पंद्रह दिन तक इसको रखो पर इसका वजन न बढ़े, न घटे। गाँववाले फिर उस बालक के पास आए। उसने कहा कि इस मेंढे को एक पेड़ के नीचे बाँध हो। उसके पास एक पिंजरे में एक बाघ को पकड़कर बंद कर दो। मेंढे को अच्छा भोजन खिलाओ। भोजन से उसका वजन बढ़ेगा, पर पिंजरे में बाघ को देखने से वजन घट जाएगा। पंद्रह दिन बाद मेंढे को राजा के पास भेजा तो राजा ने देखा कि मेंढे के वजन में कुछ भी परिवर्तन नहीं हुआ।

फिर राजा ने ग्रामीणों को एक हीरे जड़ी अँगूठी दी और कहा कि इसे एक कुएँ में डाल दो। जो व्यक्ति बिना कुएँ में कूदे इस अँगूठी को निकाल देगा, उसे मैं राज्य का मंत्री बना दूँगा। वे फिर अभय कुमार के पास आए। अभय कुमार ने कहा, "सूखा गोबर लाकर कुएँ में डाल दो।" फिर उसने कुएँ को घास-फूँस से भरकर उसमें आग लगा दी। गोबर सूख गया। फिर उसने कुएँ में पानी भरा। सूखा गोबर तैरने लगा। उसने उसको तोड़कर अँगूठी निकाल ली।

राजा बड़ा प्रसन्न हुआ। उसने पूछा, "आपको सलाह देनेवाला व्यक्ति कौन है, उसे बुलाओ। मैं उससे मिलूँगा।" ग्रामीणों ने अभय कुमार को बुलाया। राजा ने पूछा, "बालक तुम कौन हो? कहाँ से आए हो?" बालक ने उसको प्रणाम किया और कहा, "पिताजी, मैं आपका ही पुत्र हूँ। मेरी माँ का नाम नंदा है।" राजा सुनकर खुश हुआ और उसके साथ उसके गाँव जाकर अपनी रानी को लेकर आ गया।

□

48

तू आपकर्मी या बापकर्मी?

एक राजा की दो पुत्रियाँ थीं। बड़ी का नाम था मैनासुंदरी और छोटी का नाम था सुरसुंदरी। दोनों ही सुंदर और सुशील थीं। राजा ने उनको गुरु के पास अध्ययन करने को भेजा। जब उनका अध्ययन समाप्त हो गया तो गुरु ने आकर कहा, "आपकी पुत्रियों का अध्ययन पूर्ण हो गया है, आप उनकी परीक्षा लें।" राजा ने कहा, "आप उनको राजसभा में लेकर आएँ, हम वहीं उनकी परीक्षा लेंगे।"

वे दोनों राजकुमारियाँ सभा में आईं। राजा ने पहले सुरसुंदरी से कई प्रश्न पूछे। उसने सबके सही उत्तर दिए। फिर पूछा, "तुम आपकर्मी हो या बापकर्मी ?" उसने उत्तर दिया, "बापकर्मी।" राजा बड़ा खुश हुआ। फिर उसने मैनासुंदरी से भी कई प्रश्न पूछे। उसने भी सबके सही उत्तर दिए। अंत में राजा ने उससे भी पूछा, "तुम आपकर्मी हो या बापकर्मी ?" उसने कहा, "आपकर्मी। आपकर्मी का अर्थ है—मेरे जो कर्म हैं, वे मेरे ही पुरुषार्थ से प्राप्त हुए हैं। अर्थात् प्रत्येक व्यक्ति अपने कर्म का स्वयं कर्ता है।"

राजा उससे बहुत नाराज हुआ। उसने कहा कि मेरे कारण ही तुमको सभी सुख एवं सुविधाएँ प्राप्त हुई हैं और तुम कहती हो कि मैं आपकर्मी हूँ! मैं भी देखता हूँ कि तुम कैसी आपकर्मी हो ? उसने गुस्से में मंत्री से कहा, "इस लड़की को कल सुबह शहर के बाहर ले जाओ और जो भी व्यक्ति सामने आए, चाहे वह अंधा, गूँगा, लँगड़ा कैसा भी हो, उसके साथ इसकी शादी कर दो।" मंत्री दुःखी होकर दूसरे दिन सुबह मैनासुंदरी को एक रथ में बिठाकर ले गया। उसको वहाँ कुछ व्यक्तियों की टोली मिली, जिसमें दो व्यक्ति घोड़े पर बैठे थे, बाकी

पैदल चल रहे थे। उसने उनको रोका और पूछा, "आप लोग कौन हैं, कहाँ जा रहे हैं?" उन्होने कहा, "हम लोग कोढ़ी हैं, आप हमें छूए नहीं। घोड़े पर हमारे राजा और उनकी माँ बैठे हुए हैं।" मंत्री ने कहा, "हमारे साथ हमारी राजकुमारी है, उसकी शादी हम तुम्हारे राजा से करेंगे, ऐसी हमारे राजा की आज्ञा है।" उन्होंने मना किया और कहा कि तुम्हारी राजकुमारी को भी कोढ़ लग जाएगा, क्योंकि यह छूत की बीमारी है। पर मंत्री नहीं माना और उसने शहर में लाकर उसकी शादी कर दी।

कोढ़ियों के राजा का नाम श्रीपाल था और वह पड़ोस के राजा का पुत्र था। उसके पिता के राज्य पर अचानक एक अन्य राजा ने आक्रमण किया तथा उसे मार दिया। श्रीपाल अपनी माँ के साथ किसी तरह बचकर निकल गया। उसको जंगल में कोढ़ियों की टोली मिली और वह उनके साथ रहने लगा। एक दिन उद्यान में एक तपस्वी मुनि का आगमन हुआ। श्रीपाल और मैनासुंदरी उनके दर्शन को गए और उनको अपनी व्यथा बताई। मुनि ने उनको नवपद की आराधना करने को कहा। उन्होंने काँसी की थाली में सिद्धचक्र महामंत्र की विधि बताई और दोनों ने श्रद्धा पूर्वक नवपद की आराधना प्रारंभ कर दी। नौवें दिन सिद्धचक्र का प्रक्षेपित जल दोनों ने अपने ऊपर तथा अपनी माँ, अपने अनुयायियों पर छिड़का। सबका कोढ़ दूर हो गया।

श्रीपाल एक प्रतापी राजकुमार थे। उन्होंने अपने परिश्रम से कई देशों के साथ व्यापार किया तथा धन, संपत्ति एवं समृद्धि प्राप्त की। मैनासुंदरी ने भी शील का उत्कृष्ट पालन किया। आज भी उनको लाखों लोग स्मरण करते हैं।

□

49

नहीं लूँगा यह 'खूनी इंजेक्शन'

गांधी-विचार के प्रखर विचारक एवं लेखक श्री किशोरीलाल मशरूवाला चालीस वर्षों से दमा से पीड़ित होने के बावजूद लेखन और संपादन में निष्ठापूर्वक प्रवृत्त रहते थे।

7 सितंबर, 1952 की रात्रि में उन्हें दमा का भयंकर दौरा पड़ा। उन्हें साँस लेने में बहुत तकलीफ होने लगी। दूसरे दिन अपराह्न एक बजे दौरे ने भयानक रूप ग्रहण कर लिया। डॉक्टर को बुलाया गया। उन्होंने एक इंजेक्शन देना चाहा। श्री मशरूवाला ने पूछा कि वह इंजेक्शन पशुओं के रक्त से तो नहीं बनाया गया है? डॉक्टर ने कहा, "यह पशुओं के रक्त से ही बना हुआ है।" श्री मशरूवाला को साँस लेने में काफी तकलीफ हो रही थी। वे तो बिन पानी मछली की तरह तड़फ रहे थे, किंतु उन्होंने इंजेक्शन लेने से इनकार कर दिया और बोले, "इस नश्वर शरीर को तो आखिर एक दिन जाना ही है।" उसी दिन शाम को उनका देहावसान हो गया।

□

50

अभय की उत्कृष्ट भावना

(महावीर के साधक जीवन का एक प्रेरक प्रसंग)

श्रमण दीक्षा लेने के उपरांत श्रमण वर्द्धमान विहार करते हुए एक छोटे से गाँव 'अस्थिक ग्राम' में आए। वहाँ आसपास का वातावरण बड़ा ही भयावह एवं हृदय को कँपा देनेवाला था। गाँव के बाहर शूलपाणि यक्ष का मंदिर था। एकांत स्थान देखकर भगवान् ने गाँववालों से वहाँ ठहरने की अनुमति माँगी। महावीर की दिव्य, सौम्य आकृति को देखकर लोगों के हृदय द्रवित हो गए। उन्होंने कहा, "देव! आप अन्यत्र ठहर जाएँ। यहाँ एक यक्ष रहता है, जो बड़ा क्रूर है। रात में किसी को ठहरने नहीं देता। उसे भयंकर यातना देकर मार डालता है।" महावीर यह सुनकर भी नहीं डरे और उन्होंने वहीं ठहरने का संकल्प किया तथा पुनः आज्ञा माँगी।

तब ग्रामवासियों ने महावीर को यक्ष से संबंधित निम्नांकित घटना सुनाई—

"देव! कुछ वर्षों पूर्व की घटना है। यहाँ से धनदत्त नामक व्यापारी पाँच सौ गाड़ियों में सामान लेकर गुजर रहा था। वर्षा के कारण उसकी गाड़ियाँ यहाँ पर कीचड़ में फँस गईं। बैल उनको खींच नहीं सके। किंतु उसके पास सफेद हाथी की तरह बड़ा ही बलवान् एक पुष्ट कंधेवाला बैल था। उस एक ही बैल ने धीरे-धीरे पाँच सौ गाड़ियों को कीचड़ से निकालकर बाहर कर दिया। फलतः अत्यधिक परिश्रम के कारण वह बैल थककर चूर हो गया तथा भूमि पर गिर पड़ा। व्यापारी ने अनेक प्रयत्न किए, पर बैल खड़ा नहीं हो सका। तब व्यापारी ने गाँववालों को बड़ी धनराशि दी तथा बैल की सेवा-परिचर्या का भार उन्हें

सौंपकर वह आगे रवाना हो गया। गाँववाले उस व्यापारी का सारा धन हजम कर गए तथा उस बैल की कोई सेवा-सुश्रूषा नहीं की; न ही उसे खाने को कुछ दिया। भूखे-प्यासे संतप्त बैल ने एक दिन अपने प्राण छोड़ दिए। वही बैल मरकर शूलपाणि यक्ष बना। अब गाँववालों से अपने प्रति किए गए दुर्व्यवहार का बदला ले रहा है। उसने घर-घर में पीड़ा, त्रास तथा भय का आतंक फैला दिया है तथा सैकड़ों लोगों को मौत के घाट उतार दिया है।"

महावीर उनकी कथा सुनकर भी निर्भय बने रहे तथा गाँववालों से अनुमति लेकर वहीं एकांत स्थान देखकर ध्यानमग्न हो गए। अर्द्धरात्रि को यक्ष उस स्थान पर आया तथा एक मनुष्य को निर्भय खड़ा देखकर आगबबूला हो गया। उसने भयंकर अट्टहास किया। लेकिन महावीर जरा भी विचलित नहीं हुए। वह यक्ष प्रलयकाल के तूफान की तरह हुँकार करके रौद्र नृत्य करने लगा। लेकिन महावीर फिर भी स्थिर रहे। उसे उन पर अत्यधिक रोष आया। वह उनको तरह-तरह से यातना देने लगा। कभी मदोन्मत्त हाथी की तरह पैरों से रौंदता, कभी गेंद की तरह आकाश में उछालता, कभी बिच्छू की तरह जहरीले डंक मारता, तो कभी शिकारी कुत्तों की तरह उनका मांस नोंच डालता। लेकिन महावीर फिर भी स्थिर और अडिग रहे। आखिर उसकी धृष्टता दूर हुई। उसकी दुष्टता महावीर की साधुता से भिड़कर, टकराकर निस्तेज हो गई। वह हतप्रभ हो गया तथा उसे अपने आपसे घृणा हो गई। उसने प्रभु महावीर के समक्ष क्षमा माँगी। महावीर ने उसे अभय-दान दिया। प्रात: काल जब ग्रामवासी आए तो वहाँ पर बड़ा शांत वातावरण था। यक्ष श्रमण महावीर की उपासना में निमग्न था। पूरा गाँव हर्ष से श्रमण महावीर की विजय-गाथा गाने लगा।

(त्रिषष्टिशलाकापुरुषचरित. 10/3)

51

साधना की अग्निपरीक्षा

(महावीर के साधना काल का एक प्रसंग)

महावीर की साधना का ग्यारहवाँ वर्ष प्रारंभ हुआ। श्रमण महावीर ने श्रावस्ती में वर्षावास किया। यहाँ पर ध्यान एवं योग की अनेक प्रक्रियाओं के द्वारा उन्होंने साधना को और भी प्रखर बनाया। तीन दिन का उपवास करके श्रमण महावीर पेढ़ाल उद्यान में कायोत्सर्ग कर खड़े थे तथा उत्कृष्ट ध्यान-प्रतिमा में लीन थे। उनके तन, मन व प्राण अकंप तथा स्थिर थे। उसी समय एक देव संगम उनकी अग्नि-परीक्षा लेने आ पहुँचा। एक ही रात्रि में उस देव ने श्रमण महावीर को इतनी यातनाएँ दीं; इतने प्राणघातक कष्ट दिए कि वज्र-हृदय भी दहल जाए, किंतु परम योगी महावीर का एक रोम भी प्रकंपित नहीं हुआ।

महावीर ध्यान की सर्वतोभद्र प्रतिमा में लीन थे। अचानक साँय-साँय की आवाज से दिशाएँ काँप उठीं। भयंकर धूल भरी आँधी से महावीर के शरीर पर मिट्टी के ढेर जम गए। पर महावीर ने अपने निश्चय के अनुसार आँखों की पलकें भी बंद नहीं कीं।

आँधी शांत हुई कि तीक्ष्ण मुखवाली चीटियाँ चारों ओर से महावीर के शरीर को काटने लगीं। तन छलनी सा हो गया, पर मन वज्र सा दृढ रहा।

तभी मच्छरों का समूह महावीर के शरीर को काट-काटकर उनका रक्त* चूसने लगा। फिर दीमकें महावीर के पूरे शरीर पर लिपट गईं तथा भयंकर दंश मारकर काटने लगीं, पर महावीर विचलित नहीं हुए।

फिर बिच्छुओं द्वारा तीव्र प्रहार किया जाना, नेवलों द्वारा मांस नोचा जाना,

विषधर सर्पों द्वारा स्थान-स्थान पर डंक मारना तथा तीखे दाँतवाले चूहों द्वारा उनके शरीर को काटा जाना आदि प्रारंभ हुए, पर वे सर्वथा अकंपित, अविचलित बने रहे।

इसी प्रकार के बीस घोर उपसर्ग महावीर पर आए, पर संकल्प के धनी महावीर अपनी स्थिति से, अपनी नासाग्र दृष्टि से तिल भर भी डिगे नहीं। आखिर दुष्ट संगम का अहंकार चूर हुआ और उसने महावीर से क्षमा माँगी। प्रात:काल महावीर की ध्यान-साधना पूर्ण हुई और वे प्रसन्न-मन आगे विहार को बढ़े।

(आवश्यकनिर्युक्ति* गाथा 392)

□

52

हरिकेशी मुनि

(चांडाल व्यक्ति भी आध्यात्मिक विकास कर सकता है)

पूर्वजन्म के जातीय अहंकार के कारण हरिकेशीबल चांडाल कुल में उत्पन्न हुआ। वह शरीर से कुरूप तथा स्वभाव से क्रूर था। एक दिन वह एक बड़े उत्सव में गया। वहाँ एक भयंकर सर्प निकला। लोगों ने उसे तत्काल मार दिया। थोड़ी देर में एक अलसिया निकला, लोगों ने उसे मारा नहीं, दूर फेंक दिया। वह सोचने लगा, 'क्या मेरी क्रूरता के कारण ही सब मुझे मारते हैं! मुझे दयालु बनना चाहिए।' उसे जाति-स्मरण ज्ञान हुआ और वह मुनि हो गया। वह साधना और तप में संलग्न हो गया। एक दिन वह एक उद्यान में ठहरा था। वहाँ एक वृक्ष पर एक यक्ष रहता था। वह मुनि के तप से प्रभावित होकर उनकी सेवा करने लगा। एक दिन राजा की राजकुमारी आई। उसने घृणा से उन पर थूक दिया। यक्ष क्रोधित हुआ और उसने राजकुमारी को बीमार कर दिया। राजा के आने पर यक्ष ने कहा, "इसे कोई ठीक नहीं कर सकता। अगर वह मुनि से विवाह करे तो मैं ठीक कर दूँगा।" राजा ने यह बात स्वीकार कर ली। लेकिन मुनि ने कहा कि मैं विरक्त हूँ, मैं शादी नहीं कर सकता। यक्ष ने दया करके राजकुमारी को ठीक कर दिया।

एक दिन मुनि मासोपवास की तपस्या करके एक यज्ञमंडल में भिक्षार्थ पहुँचे। ब्राह्मणों ने उनका अपमान किया तथा भिक्षा नहीं दी। यक्ष ने ब्राह्मणों को प्रताड़ित किया तथा कहा कि ये महान् तपस्वी भिक्षु हैं, इनका अपमान मत करो।

ब्राह्मणों ने क्षमा माँगी। मुनि ने यज्ञ का वास्तविक स्वरूप बताते हुए कहा, "तप ज्योति है। जीव (आत्मा) ज्योति का स्थान है। मन, वचन और काया का योग कड़छी है। शरीर कंडा है। कर्म ईंधन है। संयम की प्रवृत्ति शांति-पाठ है। मैं ऐसा प्रशस्त यज्ञ करता हूँ।"

□

53

राजीमती की ओजस्विता

(राजीमती के ओजस्वी वचनों ने रथनेमी को बदला)

एक बार राजीमती अनेक राजकन्याओं के साथ, जो उनके साथ ही दीक्षित हुई थीं, रैवतक पर्वत पर जा रही थीं। अचानक जोर की वर्षा ने सभी को स्थान खोजने के लिए विवश कर दिया। घना अंधकार छा गया था। भागती-भागती वे एक गुफा में पहुँचीं तथा सुखाने के लिए वहाँ अपने वस्त्रों को फैलाया। रथनेमी भी वहीं पर ध्यानस्थ थे। उन्होंने यथाजात (नग्न) रूप में राजीमती को देखा। उनका मन विचलित हो गया। उसी समय बिजली चमकी तो राजीमती ने भी उनको देखा। अपनी दोनों भुजाओं से शरीर को आवृत्त कर वह बैठ गई।

रथनेमी ने उससे कहा, "हे सुंदरी! मैं रथनेमी हूँ। तू मुझे स्वीकार कर। आओ, हम अभी भोगों को भोगें तथा बाद में पुन: जिन-मार्ग में दीक्षित होंगे।" राजीमती ने कहा, "हे रथनेमी! मैं तुम्हारे भाई की परित्यक्ता हूँ और तुम मुझसे विवाह करना चाहते हो? क्या यह वमन किए को चाटने के समान घृणास्पद नहीं है? यदि तू जिस किसी भी स्त्री को देखकर ऐसे ही राग-भाव करेगा तो वायु से कंपित वनस्पति की तरह अस्थिर हो जाएगा। तुझे शर्म आनी चाहिए।"

उस संयता के ओजस्वी वचनों को सुनकर रथनेमी पुन: धर्म में स्थिर हो गए।

□

54

दास प्रथा से उद्धार

राजकुमारी चंदनबाला चंपा नगरी के महाराज दधिवाहन एवं महारानी धारिणी की पुत्री थी। उनके पड़ोसी वत्स देश के महाराज शतानीक की सेना ने चंपा पर अचानक आक्रमण कर दिया। महाराज दधिवाहन उस समय अपने किसी मित्र की सहायता के लिए अपनी सेना लेकर नगर से बाहर गए हुए थे।

अचानक हुए इस आक्रमण से चंपा की जनता हतप्रभ हो गई। समूची नगरी में आतंक छा गया। वत्स की सेना का नायक काकमुख राजमहल में घुसा और उसने वहाँ की महारानी धारिणी तथा राजकुमारी वसुमति का अपहरण किया और उन्हें लेकर रथ द्वारा अपने राज्य की ओर रवाना हो गया। चंपा से कुछ दूरी पर जंगल में उसने रथ को रोका। महारानी ने उसका बहुत विरोध किया, पर वह मनमानी करने पर उतारू हो गया। तब महारानी ने अपने शील पर आँच नहीं आए, इसके लिए उसके समक्ष ही अपनी जीभ खींचकर अपने प्राणों की आहुति दे दी। धारिणी को दम तोड़ते देखकर काकमुख स्तब्ध रह गया। भय से काँपती हुई राजकुमारी ने साहस बटोरा एवं रथनायक को ललकारते हुए कहा, "सेनापति, सावधान! तुमने मेरी माँ के प्राण ले लिये पर अगर तुमने मेरी ओर हाथ उठाया तो मैं भी उसी मार्ग पर चल दूँगी, किंतु तुम्हें अपनी मनमानी नहीं करने दूँगी।" राजकुमारी की ललकार से सेनापति का हृदय बदल गया और वह अपने दुष्कृत्य पर पश्चात्ताप करने लगा। उसने वसुमति को उत्तर दिया, "राजकुमारी, तुम डरो मत, मेरी मनुष्यता अब जाग उठी है। तुम मेरे घर पर चलो। मैं तुम्हें अच्छी तरह से पालूँगा, तुम्हारा कोई अनिष्ट नहीं होगा।"

उस युग में पशुओं की भाँति मनुष्यों की बिक्री की जाती थी। युद्ध में लूटे हुए स्त्री, पुरुष, बच्चे आदि बेचे जाते थे। खरीदनेवाले जीवन भर उनसे कठोर श्रम लेते, मनचाहा काम करवाते।

वसुमति की भी बिक्री की बोली लग गई। उसी समय धनावाह नाम का एक श्रेष्ठि उधर से जा रहा था। उसने वसुमति को देखा। उसके चेहरे का सौम्य भाव एवं रूप देखकर उसका हृदय कंदन कर उठा। उसने सेनापति को मुँहमाँगी स्वर्णमुद्रा देकर वसुमति को खरीद लिया। उसकी कोई कन्या नहीं थी, अत: उसने सोचा कि वह उसको अपनी कन्या बना लेगा, लेकिन जब वह घर पर आया तो उसकी पत्नी मूला वसुमति को उसके साथ आई हुई देखकर चौंक गई। अनेक कुशंकाओं से उसका माथा ठनक गया। श्रेष्ठि ने मूला से कहा कि इसका अपनी पुत्री के समान पालन-पोषण करना है। वसुमति के विनयपूर्ण व्यवहार व शांत स्वभाव से प्रभावित होकर धनावह ने उसका नाम 'चंदना' रख दिया। वह दिन भर घर का काम करती तथा सबको प्रसन्न रखने का प्रयत्न करती।

गृहस्वामिनी के मन में हमेशा संदेह रहता कि यह कहीं मेरा स्थान नहीं ले ले! वह चंदना के प्रत्येक व्यवहार पर शंकित दृष्टि रखने लगी। एक बार श्रेष्ठि दुकान से घर पर आए तो चंदना ने लोटे में पानी भरा और उनके हाथ-पैर धुलाने लगी। उस समय उसके मस्तक के लंबे खुले हुए केश जमीन पर गिर पड़े। श्रेष्ठि ने धूल व कीचड़ से बचाते हुए स्नेहपूर्वक उन्हें ऊपर उठा दिया। मूला झरोखे से यह दृश्य देख रही थी। उसकी छाती पर तो जैसे साँप लौट गया। वह मन-ही-मन जलने लगी और चंदना को सजा देने के लिए उपयुक्त अवसर का इंतजार करने लगी।

कुछ दिनों बाद धनावह किसी कार्यवश किसी दूसरे ग्राम चला गया तथा बोलकर गया कि वह तीन दिन बाद लौटेगा। मूला ने सभी दास-दासियों को छुट्टी दे दी। फिर वह चंदना को गर्भगृह में ले गई, उस्तरे से उसके काले केश काट दिए तथा बेड़ियों से उसके हाथ-पैर बाँध दिए। चंदना पूछती रही कि माताजी आप यह क्यों कर रही हैं, मुझे किस अपराध की सजा दे रही हैं? लेकिन मूला ने चंदना को डाँटकर चुप करा दिया। फिर उसने गर्भगृह पर ताला लगाया तथा चाबी लेकर अपने पीहर चली गई। तीन दिन बाद धनावह घर पर लौटा, पर

किसी को भी घर में न पाकर आश्चर्य करने लगा। उसने मूला एवं चंदना को जोर से आवाज दी। चंदना ने गर्भगृह में यह आवाज सुनी। वह भी जोर से आवाज देकर बोली, "पिताजी, मैं गर्भगृह में हूँ।" धनावह गर्भगृह के पास आया, पर वहाँ पर बाहर से ताला लगा हुआ था। उसने किसी प्रकार से कमरे को खोला तथा चंदना की हालत देखकर दुःखी हो उठा। चंदना तीन दिन से भूखी-प्यासी थी। उसने कहा, "पिताजी, मुझे कुछ खाने को दो।" श्रेष्ठि ने देखा कि घर का सारा सामान ताले में बंद है, सिर्फ गायों के खाने के लिए उड़द के बाकले बाहर रखे हैं। उसने बाकले चंदना को दिए तथा कहा, "तू थोड़े से बाकले खा, तब तक मैं लुहार को बुलाकर तेरी बेड़ियाँ तुड़वाता हूँ।"

संयोग की बात, तीर्थकर महावीर नगर-नगर, ग्राम-ग्राम भ्रमण करते हुए उसी नगरी में आए हुए थे। जन-जीवन में व्याप्त रूढ़ियों, पीड़ाओं एवं कष्टों का वे सूक्ष्मता से निरीक्षण कर रहे थे तथा उनका मन उनके निराकरण के उपाय खोज रहा था। सेवा-भावी दलितों के साथ क्रूर व्यवहार तथा मातृजाति को दासता में जकड़ना उस युग की विकट समस्या थी, जो प्रतिपल करूणामूर्ति महावीर के हृदय को कचोटती रहती थी। महावीर प्रतिदिन नगर में गोचरी हेतु आते, लोग उन्हें श्रद्धा भाव से आहार ग्रहण करने का आग्रह करते, पर वे बिना आहार ग्रहण किए ही वापस लौट जाते। इस प्रकार उन्हें पाँच महीने पच्चीस दिन व्यतीत हो गए थे। उन्होंने अभिग्रह (दृढ संकल्प) ले रखे थे, जो इस प्रकार थे—'मैं एक दासी बनी राजकुमारी के हाथ से ही भिक्षा ग्रहण करूँगा, उस राजकुमारी का सिर मुँडा हुआ हो, उसके हाथों-पैरों में बेड़ियाँ डाली हुई हों, आँखों में व्यथा के आँसू हों, तीन दिन की भूखी-प्यासी हो, घर की देहलीज के बीच बैठी हो, उसके पास खाने के लिए उड़द के बाकले रखे हों, इस दशा में वह राजकुमारी अगर भिक्षा प्रदान करेगी, तभी मैं भिक्षा ग्रहण करूँगा, अन्यथा नहीं।' चंदना द्वार की दहलीज पर बैठी बाकले खाने का विचार कर ही रही थी कि उसने देखा, श्रमण महावीर उसके भवन के भीतर भिक्षार्थ पधार रहे हैं। उन्हें देखकर उसका तन-मन प्रफुल्लित हो उठा। पर तब उसे स्मरण आया—'हाय! इस परिस्थिति में मैं कैसे भिक्षा दूँगी?' हर्ष और अवसाद के उतार-चढ़ाव में उसका रोम-रोम उत्कंठित हो उठा, पर महावीर को बिना गोचरी लिये पलटता

देखा तो उसकी आँखें आसुओं से भीग गईं। महावीर ने देखा, उनका अभिग्रह आज पूर्ण हो रहा है। उन्होंने चंदना के भक्ति-विभोर हृदय के सम्मुख अपने हाथ फैला दिए और उसके हाथों से उड़द के बाकले ग्रहण कर लिये।

महावीर के पारणा करने की बात सुनते ही नगर के सैकड़ों नागरिक धनावह के घर की तरफ चल पड़े। उन्हीं में से राजा शतानीक का एक सेवक था, जो पहले राजा दधिवाहन के यहाँ काम करता था। उसने चंदना को पहचान लिया तथा धनावह श्रेष्ठि को बताया कि यह राजकुमारी वसुमति है, जो दुर्भाग्यवश दासी बनकर आपके यहाँ पर रह रही है। चंदना की कहानी सुनकर सबके हृदय विषाद, दुःख एवं ग्लानि से भर गए। महाराज शतानीक का सिर भी लज्जा से झुक गया। वह समझ गया कि चंदना के दासी बनने का मुख्य अपराधी वह स्वयं है। उसने धनावह को आज्ञा दी कि वह चंदना को दासी जीवन के बंधन से मुक्त करे।

इस प्रकार श्रमण महावीर का यह कठोर अभिग्रह मात्र उनकी तपपूर्ण साधना का ही अंग नहीं बना, अपितु इसने उस युग में एक क्रांति का सूत्रपात किया। इससे अभिशापग्रस्त नारी जाति के उद्धार और कल्याण का महान् पथ प्रशस्त हुआ।

□

55

अहिंसा की अमृत वर्षा

(महावीर के जीवन का प्रेरक प्रसंग)

दीक्षा के उपरांत श्रमण महावीर सुवर्णबालुका नदी के पास कनकखल नामक आश्रम के पास से गुजर रहे थे। उन्होंने पीछे से आते हुए कुछ ग्वालों की भयाक्रांत आवाज सुनी। उन्होंने कहा, "देव! आप रुक जाएँ, आगे न बढ़ें, इस रास्ते पर एक भयावह काला नाग रहता है, जिसने अपनी विष-ज्वाला से अगणित राहगीरों को भस्मसात् कर डाला है, हजारों पशु-पक्षी, पेड़-पौधे उसकी विषाग्नि से जलकर राख हो गए हैं।" महावीर दो क्षण रुक गए। उन्होंने अपना अभयसूचक हाथ ऊपर उठाया, जैसे संकेत दे रहे हों कि तुम घबराओ नहीं। गाँववालों ने उन्हें पुनः समझाया पर महावीर धीर-गंभीर गति से आगे बढ़ते गए। उस नाग की बांबी के पास एक प्राचीन देवालय था, वे वहाँ पहुँचकर ध्यान-मग्न हो गए।

जंगल में घूमता हुआ वह सर्प अपनी बांबी के पास पहुँचा तथा वहाँ देवालय में एक मनुष्य को निश्चल खड़ा देख आश्चर्यचकित हो गया। साथ ही उसे भयंकर क्रोध भी आया। उसने अपनी विषमयी तीव्र दृष्टि से महावीर की ओर देखा, अग्निपिंड से जैसे ज्वालाएँ निकलती हैं, वैसे ही उसकी आँखों से तीव्र विषमयी ज्वालाएँ निकलने लगीं। साधारण मनुष्य तो उनमें जलकर खाक को जाता, पर महावीर पर उनका कोई प्रभाव नहीं पड़ा। उसने बार-बार उन पर प्रहार किया, पर महावीर अविचल ध्यान में निमग्न रहे। आखिर उसने एक तीव्र दंश उनके अँगूठे पर मारा, लेकिन वह भी निष्फल गया। उलटे वहाँ से दूध की धारा बहने लगी।

महावीर का ध्यान पूर्ण हुआ। उन्होंने चंडकौशिक को उद्बोधन देते हुए कहा, "चंडकौशिक! समझो! समझो! अब शांत हो जाओ। अपना क्रोध शांत करो।" महावीर के अमृत-वचन सुनकर नागराज का क्रोध पानी-पानी हो गया। वह विचारों में गहरा उतरा तो उसे जाति-स्मरण ज्ञान प्राप्त हो गया। तीव्र क्रोध के कारण उसने पूर्व जन्मों में कितने कष्ट उठाए, यह उसे स्मरण हो आया। वह शांत होकर बार-बार उनके चरणों में लिपटकर क्षमा माँगने लगा। प्रातः काल गाँववालों ने यह दृश्य देखा तो वे आश्चर्यचकित हो उठे तथा प्रभु का गुणगान करने लगे।

अहिंसा, अभय और मैत्री का यह एक ज्वलंत उदाहरण है।

(त्रिषष्टिशलाकापुरुषचरित 10/3)

□

56

आत्मा का दर्शन

विवेकानंद से एक अमेरिकन ने पूछा, "आत्मा का दर्शन कराओ।" विवेकानंद ने एक मुक्का लगाया और चिल्लाकर कहा, "क्या दर्द हो रहा है?" फिर कहा, "दर्द को जिस प्रकार बताया नहीं जा सकता, अनुभव ही किया जा सकता है, वैसे ही आत्मा को भी अनुभव ही किया जा सकता है।"

□

57

तृष्णा का जाल

नगर में धूमधाम थी। चाँदी की पालकी में बैठकर नए राजपुरोहित सोमिल बड़े सम्मान एवं गाजे-बाजे के साथ राजसभा में जा रहे थे। बाजों की आवाज सुनकर कपिल दौड़कर माँ के पास आया और बोला, "माँ, माँ! देखो न कैसी सुंदर यात्रा निकल रही है!" पुराने पुरोहित काश्यप की पत्नी इस शोभायात्रा को देखकर उदास हो गई और उसकी आँखों से आँसू टप-टप कर गिरने लगे। वह सोच रही थी, 'पति गए, सबकुछ चला गया!'

कपिल ने माता के आँसू देखे और पूछा, "माँ! क्या हुआ? तू रोती क्यों है? क्या तुम्हें कोई दुःख है?"

माँ ने उत्तर दिया, "बेटा! दुःख के सिवा अब शेष रहा ही क्या है? एक दिन तुम्हारे पिता भी राजपुरोहित थे। राजा जितशत्रु उनका बड़ा आदर-सत्कार करते थे। वे भी इसी प्रकार चाँदी की पालकी में बैठकर राजसभा में जाते थे। उनकी मृत्यु के पश्चात् सबकुछ बदल गया। लगता है, जैसे सबकुछ उन्हीं के साथ चला गया।"

बालक से अपनी माता का दुःख देखा नहीं गया। उसने पूछा, "माँ! क्या मैं अपने पिता के समान नहीं बन सकता? क्या मैं राजपुरोहित के पद पर नियुक्त नहीं हो सकता?"

माता का हृदय अपने पुत्र की इस शुभाकांक्षा से प्रफुल्लित हो उठा। वह बोली, "क्यों नहीं हो सकते? अवश्य हो सकते हो, किंतु पहले तुम पढ़-लिख लो, तब न! राजपुरोहित को तो वेद, पुराण, ज्योतिष, गणित आदि सभी विषयों का ज्ञान होना चाहिए। मुझे अफसोस है बेटा! तेरे विद्याध्ययन में मैं ही बाधक

बनी थी। जब तू सात वर्ष का था, तेरे पिता तो तुझे तभी गुरुकुल भेजना चाहते थे, परंतु मैंने ही स्नेहवश भेजने नहीं दिया। बेटा, मैंने ही कहा था, 'आप इसे घर पर ही पढ़ाएँ।' लेकिन तेरे पिता को समय नहीं मिलता था। अत: तू ठीक प्रकार से विद्याध्ययन कर ही नहीं पाया।"

"बस! इतनी सी बात, माँ! तू आँसू मत बहा, मैं जरूर पढ़ूँगा और एक दिन अपने पिता के पद पर अवश्य बैठूँगा।"

बालक कपिल को पढ़ने की धुन लग गई। किंतु उसकी माता जानती थी कि कौशांबी में रहकर कपिल कभी भी विद्या-प्राप्ति नहीं कर सकेगा, क्योंकि कौशांबी के पंडित ईर्ष्यालु तथा स्वार्थी थे। राजपुरोहित काश्यप का पुत्र यदि पढ़-लिखकर विद्वान् हो गया तो अपने पिता के पद पर आसीन हो जाएगा, इसी भय से वे कपिल को कभी पूरी शिक्षा नहीं देंगे, अत: यशा ने अपने बेटे को अपने पति के मित्र इंद्रदत्त के पास श्रावस्ती नगरी भेज दिया।

उपाध्याय इंद्रदत्त बड़े विद्वान् और सरल व्यक्ति थे। श्रावस्ती का बच्चा-बच्चा उन्हें जानता था। कपिल जब उनके पास पहुँचा तो उन्होंने अपने दिवंगत मित्र के पुत्र को आलिंगन में भर लिया और कहा, "अरे, तू तो मेरा ही पुत्र है, अन्य नहीं। वत्स! तू मुझे अपने पिता के समान ही समझ तथा कोई चिंता मत कर।"

कौशांबी नगरी के धनपति शालिभद्र के यहाँ कपिल के भोजन एवं आवास की व्यवस्था हो गई और उसका विद्याध्ययन भी आरंभ हो गया। धीरे-धीरे कपिल युवक हो गया, किंतु जीवन के उसी काल में कपिल से एक भूल हो गई। सेठ शालिभद्र की एक सुंदर दासी, जो कि कपिल की सेवा किया करती थी, कपिल को उससे प्रेम हो गया। प्रेम अंधा होता ही है। कपिल भी उस आँधी में ऐसा उड़ा कि वह अब विद्याध्ययन करना भी भूल गया और उपाध्याय के पास गुरुकुल में जाना भी उसने बहुत कम कर दिया।

उपाध्याय ने उसे समझाया, डाँटा-फटकारा, बुरा-भला कहा, अपनी माता को दिए हुए वचनों की याद दिलाई, दिवंगत पिता के गौरव का स्मरण कराया, किंतु प्रेमी के गले कुछ न उतरा। वह तो पागल होकर प्रेमिका की छाया मात्र बनकर रह गया था।

एक बार नगर में वन-महोत्सव की तैयारियाँ हो रही थीं। युवक-युवतियाँ सज रहे थे। कपिल की प्रेमिका ने उस अवसर पर अपने प्रेमी से कहा, "नगर की सारी सुंदरियाँ सत-धज रही हैं। तुम यदि मेरे लिए मूल्यवान् वस्त्र नहीं ला सकते तो साधारण नए वस्त्र ही लाकर दो। कुछ आभूषण नहीं ला सकते तो इतने पैसे तो लाकर दो कि मैं पुष्पमालाएँ ही खरीद सकूँ। तुम्हें छोड़ मैं और किससे याचना करूँ? अपनी सखी-सहेलियों के बीच में ये पुराने वस्त्र पहनकर कैसे जाऊँ?"

कपिल चिंता में पड़ गया। वह तो दूर देश से एक विद्यार्थी के रूप में आया था, उसके पास धन कहाँ था? वह अपनी प्रेमिका की माँगों की पूर्ति कैसे कर सकता था?

प्रेमी को मौन देखकर प्रेमिका ने उकसाया, "ऐसे चुप क्यों बैठे हो? संसार बसाना है तो कुछ पुरुषार्थ तो करना ही पड़ेगा। तुम ब्राह्मण-पुत्र हो। मैं तुम्हें उपाय बताती हूँ। भिक्षा माँगने में तुम्हें कोई संकोच नहीं होना चाहिए। सेठ धनदत्त का नियम है कि नगर का जो कोई भी व्यक्ति प्रात:काल सबसे पहले उन्हें आशीर्वाद देने आता है, उसे वे दो माशा स्वर्ण दान में देते है। तुम वह स्वर्ण ले आओ। उसी स्वर्ण से कुछ दिन काम निकल जाएगा।"

कपिल रात में सोचता रहा, 'सबसे पहले धनदत्त को आशीर्वाद देने मैं ही जाऊँगा और स्वर्ण लाकर प्रेमिका को प्रसन्न कर दूँगा' सहसा उसे चिंता भी हुई, 'कहीं मुझसे पहले ही कोई अन्य याचक धनदत्त के पास न पहुँच जाए, अन्यथा मेरी आशा पर पानी फिर जाएगा और प्रेमिका रूठ जाएगी।'

कपिल को इसी चिंता के कारण तनिक भी नींद नहीं आई। करवटें बदलते-बदलते जब थक गया तो आतुरता का मारा वह मध्यरात्रि में ही घर से निकल पड़ा। उसे भान ही नहीं रहा कि प्रात:काल होने में अभी बहुत विलंब है। उस पागल प्रेमी को तो एक ही धुन थी—'कोई मुझसे पहले ही न जा पहुँचे! प्रेमिका रूठ न जाए!'

अँधेरी रात में एक व्यक्ति को चुपचाप जाता देख, पहरेदारों ने उसे टोका, "कौन हो? इस अँधेरी रात में कहाँ जा रहे हो? चोरी करने का इरादा है क्या?"

कपिल ने घबराकर कहा, "नहीं भाई! चोरी करने क्यों जाऊँगा? ब्राह्मण

का पुत्र हूँ। मैं तो सेठ धनदत्त के घर जा रहा हूँ। उसे आशीर्वाद दूँगा और स्वर्ण प्राप्त करूँगा।"

"हाँ, हाँ! तुम्हारा आशीर्वाद लेने नगर सेठ आधी रात में प्रतीक्षा कर रहे होंगे न? क्या बहाना बनाया है? इसे ही कहते हैं चोरी और सीनाजोरी!" पहरेदार ने कपिल की पीठ पर दो-चार डंडे बरसाए और उसे लाकर कैदखाने में बंद कर दिया।

कपिल सोचने लगा—'क्या-से-क्या हो गया? कहाँ से चले थे, कहाँ जा पहुँचे? उद्देश्य क्या था, और प्राप्ति क्या हुई? महापंडित काश्यप का पुत्र कैद में? साधारण चोर-उचक्कों, शराबी-लंपटों और खूनी-हत्यारों के बीच कपिल ब्राह्मण? हे भगवान्! तूने यह क्या दिन दिखाया? मेरी बुद्धि को क्या हो गया? प्रेमिका की मुसकान में, मैं माता के आँसू क्यों भूल गया? हाय, मेरा कैसे अध:पतन हो गया?'

सोचता-सोचता भोला कपिल बड़ा दु:खी हुआ। उसकी मूर्च्छित आत्मा सहसा जाग पड़ी और उसे धिक्कारने लगी,···धिक्कारती ही चली गई।

राजा प्रसेनजित अपराधियों का न्याय स्वयं ही किया करते थे। प्रात:काल सभी अपराधियों को जब राजा के समक्ष उपस्थित किया गया तो कपिल ब्राह्मण की स्थिति विचित्र थी। लज्जा के मारे उसकी आँखें ऊपर ही न उठ रही थीं। पश्चात्ताप से उसका हृदय जला जा रहा था।

सत्य और असत्य का, न्याय और अन्याय का जो विवेक न कर सके, वह राजा ही क्या? प्रसेनजित की दृष्टि तीव्र थी! उसने एक ही नजर में भाँप लिया कि कपिल अपराधी नहीं हो सकता। यह बेचारा किसी भ्रमवश यूँ ही फँस गया है। संस्कारवान युवक दिखाई देता है। उन्होंने पूछा, "कौन हो तुम? किसलिए रात में निकले थे?"

"महाराज! ब्राह्मण हूँ। भिक्षा हेतु निकला था। पहरेदारों ने चोर समक्ष मुझे पकड़ लिया। मैं निरपराध हूँ।"

"सच-सच कहो। सत्य कहोगे तो क्षमा मिलेगी। झूठ कहोगे तो कठोर दंड।"

"महाराज! मैं विद्याध्ययन के लिए आया था, परंतु एक दास-कन्या के

प्रेम में फँस गया। यही मेरी दुर्गति का कारण है। मैं कौशांबी के महापंडित एवं राजपुरोहित काश्यप का पुत्र हूँ, असत्य नहीं बोलता।"

राजा पहले से ही उस युवक के चेहरे से फूट रही संस्कारशीलता को देख रहा था। अब उसे विश्वास हो गया। कोमल स्वर में बोला, "तुम्हें क्या चाहिए, ब्राह्मण पुत्र! जो चाहे, वह माँग लो। तुम्हारी करुण-कथा सुनकर दया आ रही है। मैं वचन देता हूँ, जो माँगोगे, वही मिलेगा।"

विधि का विधान भी कितना विचित्र है! कहाँ तो चोरी के अपराध में दंडित होने की स्थिति थी और कहाँ अब मनचाहा पुरस्कार मिल रहा है! कपिल ने सोचा-'कितना अच्छा अवसर है। एक हजार स्वर्ण मुद्राएँ माँग लूँ? नहीं, थोड़ी होंगी, एक लाख माँगूँ? लेकिन राजा के पास क्या कमी है, एक करोड़ ही क्यों न माँग लूँ? या उसका पूरा राज्य ही क्यों न माँग लूँ? जीवन भर सुख से रहूँगा।'

कपिल की विचारधारा जो चली, सो चलती ही रही। वह सोचता ही रहा··· सोचता ही चला गया।

राजा ने अधीर होकर कहा, "कब तक सोचोगे? जो चाहे, वह माँग लो। मैं वचनबद्ध हूँ।"

कपिल के मुख पर धीरे-धीरे एक अद्भुत परिवर्तन दिखाई देने लगा। एक दिव्य प्रकाश उसके नेत्रों से फूटने लगा। अब वह मन-ही-मन विचार कर रहा था—'क्या माँगूँ?'

उसके भटकते हुए मन ने एक नया मोड़ लिया। वह अनुभव करने लगा—'तृष्णा (लालच) की कोई सीमा नहीं है। यदि समूचे संसार का धन-वैभव भी मिल जाए तो भी मेरा मन संतुष्ट नहीं होगा। मैं कौशांबी के राजपुरोहित का पुत्र हूँ। मुझे ज्ञानार्जन एवं ज्ञान के प्रसार का कार्य करना चाहिए।' उसने कहा, "राजन् अब मुझे कुछ नहीं चाहिए। मैं अब संयम एवं संतोष के मार्ग की ओर बढ़ूँगा। अब मेरी कोई इच्छा शेष नहीं रही। मैं अब अध्ययन में अपना चित्त लगाऊँगा तथा सारे विश्व में ज्ञान का प्रकाश फैलाऊँगा।"

□

58

साधु भविष्य कथन नहीं करे

साधु को भविष्य का ज्ञान हो सकता है,
लेकिन उसको भविष्य कथन नहीं करना चाहिए।

साठ वर्ष पूर्व की घटना है। एक गाँव में एक साधु भ्रमण करते हुए आए। उनको ज्योतिष का ज्ञान था। एक श्राविका रोज उनका व्याख्यान सुनने आती थी। उसके पति को परदेश गए हुए एक वर्ष हो गया था। उसने साधु से पूछा, "मेरे पति वापस कब आएँगे?" साधु ने कहा, "अगले महीने की एक तारीख को।"

उस स्त्री ने उस दिन नए वस्त्र पहने, शृंगार किया और प्रात:काल से ही अपने झरोखे में बैठ गई। जब उसका पति आया तो उसको झरोखे में देखकर चकित हो गया। उसने सोचा कि यह दुश्चरित्र है। उसने पूछा, तुमने इतना शृंगार क्यों किया? उसने साधु की बात बताई। उसका पति सीधा साधु के पास गया और उससे पूछा, मेरी गर्भवती गाय को बछड़ा होगा या बछड़ी? साधु ने कहा, बछड़ी। उसने गाय की हत्या करवा दी। साधु को ज्ञात हुआ तो उसने सोचा, मैं एक पंचेंद्रिय जीव की हत्या में निमित्त बना! अत: उसने आमरण अनशन करके शरीर त्याग दिया। इस पर उस स्त्री ने भी आत्महत्या कर ली। चार प्राणियों की मृत्यु से उस पुरुष ने भी आत्महत्या कर ली। इस प्रकार पाँच पंचेंद्रिय प्राणी मरे। अत: साधु को भविष्य का ज्ञान होने पर भी भविष्य कथन नहीं करना चाहिए।

□

59

असीम करुणा

"यह विष है शिष्य! इसे ले जाकर किसी ऐसे स्थान पर डाल दो, जहाँ पर कोई जीव-जंतु नहीं हो। जो भी जीव-जंतु इसे खाएँगे, वे मृत्यु को ही प्राप्त करेंगे।" गुरु ने आदेश दिया।

मुनि ने अनेक स्थानों पर जाकर ऐसे निरापद स्थान की खोज की, परंतु ऐसा कोई स्थान नहीं मिला। तब मुनि ने सोचा, जीवों की रक्षा कैसे करूँ? अंततः उन्होंने सोचा, 'जीवों की रक्षा का एक ही स्थान है, वह है मेरे स्वयं का उदर। जहाँ इस विष को डाल देने पर किसी भी जीव-जंतु को कष्ट नहीं होगा…' और मुनि ने वह भयानक विष अपने ही उदर में डाल दिया।

कौन थे वे करुणामूर्ति?

यह कहानी भगवान् महावीर स्वामी के युग की है। भगवान् महावीर ने अहिंसा एवं करुणा का उपदेश दिया। उन्होंने कहा कि प्रत्येक प्राणी में आत्मा का तत्त्व है और वह तत्त्व सभी में समान है। अतः प्रत्येक प्राणी को जीवित रहने का अधिकार है। और उसके अधिकार की रक्षा की जानी चाहिए।

उसी युग में चंपा नाम की नगरी थी, जिसमें तीन ब्राह्मण भाइयों का परिवार रहता था। उनके नाम थे—सोमदेव, सोममूर्ति और सोमदत्त। वे मिल-जुलकर अपने परिवार का काम करते थे तथा परिवार की गाड़ी सुखपूर्वक चल रही थी। उनकी पत्नियों के नाम थे—नागश्री, यज्ञश्री और भूतश्री। वे भी प्रेमपूर्वक घर का सब काम-काज करती थीं।

एक दिन नागश्री भोजन बना रही थी। उसने कई तरह के पकवान बनाए। उसके घर में एक बगीचा भी था, जिसमें कई तरह के फल एवं सब्जियाँ उगाई

जाती थीं। नागश्री उस बगीचे से तुंबे का फल ले आई तथा उसकी सब्जी बनाई। उसने सब्जी में कई प्रकार के मिर्च-मसाले डाले, ताकि सब्जी स्वादिष्ट बने। सब्जी बनने पर जब उसने चखा तो पता लगा कि यह सब्जी तो जहरीली है। उसे बड़ा दु:ख हुआ।

उसने उस सब्जी को अलग रख दिया और झटपट दूसरी सब्जी बनाकर तैयार की। कड़वी सब्जी को बाद में कहीं फेंक दूँगी, ऐसा विचार कर उसने परिवार के लोगों को भोजन करा दिया तथा स्वयं भोजन करके आराम करने लगी।

संयोग से उस समय चंपा नगरी में भगवान् महावीर के शिष्य आचार्य धर्मघोष अपने शिष्यों सहित पधारे हुए थे। उनके एक श्रमण धर्मरुचि भिक्षा हेतु नगर में निकले और नागश्री के द्वार पर जा पहुँचे। उस आलसी स्त्री ने सोचा कि चलो, झंझट मिटी। कौन इस सब्जी को कहीं फेंकने जाएगा? ये मुनि स्वयं ही चले आए हैं तो इन्हें ही यह सब्जी दे देती हूँ। जब मुनि इसे चखेगा तो सब्जी कड़वी लगेगी ही, वह सारी सब्जी स्वत: ही बाहर कहीं फेंक देगा।

मुनि ने पात्र बढ़ाया। नागश्री ने सारी सब्जी उस पात्र में उँड़ेल दी। मुनि ने इतनी अधिक सब्जी देने के लिए बहुत मना किया, परंतु वह नहीं मानी। सरल हृदय मुनि ने देखा कि इतनी सब्जी ही क्षुधापूर्ति के लिए पर्याप्त है। अत: उन्होंने किसी अन्य घर से कोई खाद्य पदार्थ की भिक्षा न ली और लौट आए, गुरु-चरणों में। आचार्य के समक्ष मुनि धर्मरुचि ने सब्जी रखी तो ज्ञानी गुरु ने जान लिया कि यह सब्जी विषाक्त है। शांत भाव से उन्होंने कहा, "शिष्य! यह विष है। इसे किसी ऐसे स्थान पर डाल आओ, जहाँ कोई जीव इसे खा न सके, किसी जीव को तनिक भी कष्ट न हो।"

मुनि धर्मरुचि स्थान की खोज में निकले। एकांत स्थान खोजकर उन्होंने उस सब्जी की एक बूँद परीक्षा हेतु भूमि पर गिराई, किंतु उन्होंने देखा कि कुछ ही क्षणों में उस सब्जी की गंध पाकर सैकड़ों चींटियाँ वहाँ आईं और उसे खाकर उसी समय तड़प-तड़प कर मर गईं।

मुनि का हृदय करुणा से भर आया। उन्होंने सोचा कि ऐसा तो कोई स्थान है ही नहीं, जहाँ मैं इस सब्जी को डालूँ और कोई भी जीव इसे खा न पाए! तब

क्या करूँ ? किसी भी स्थान पर यदि मैंने इसे डाल दिया तो बेचारी हजारों अबोध चींटियाँ इस सब्जी को खाकर कष्ट पाएँगी और मृत्यु को प्राप्त करेंगी।

अचानक मुनि को एक उपाय सूझा। वे मुसकराए। अपने आपसे बोले—'हाँ, ऐसी एक जगह है, जहाँ जीव-जंतुओं को कुछ भी पीड़ा नहीं पहुँचेगी और वह है—मेरा पेट। यदि इस सब्जी को अपने पेट में डाल दूँ तो केवल मेरी ही मौत होगी, अन्य जीव-जंतुओं की तो रक्षा हो जाएगी।' उन्होंने वह सब्जी स्वयं ही खा ली। वे जानते थे कि यह भयंकर विष है। इसे खाकर उन्हें भीषण वेदना होगी और निश्चित रूप से मृत्यु भी होगी। किंतु अपनी वेदना और मृत्यु की चिंता उन्होंने नहीं की। चिंता उन्हें केवल चींटियों की थी, उनकी पीड़ा और प्राणों की थी। मुनिवर ने उन्हें बचा लिया।

परिणाम जो होना था, वही हुआ। शीघ्र ही मुनि का शरीर नीला पड़ गया, भयानक वेदना से ऐंठने लगा, पीड़ा की कोई सीमा नहीं थी, किंतु दया और करुणा की मूर्ति धर्मरुचि की आत्मा शांत और स्थिर थी। उनके हृदय में करुणा का अपार समुद्र लहरा रहा था।

शाम हो गई। आचार्य धर्मघोष को मुनि धर्मरुचि के नहीं लौटने पर कुछ चिंता हुई। उन्होंने शिष्यों से कहा—'धर्मरुचि की खोज करो।' शिष्य उन्हें खोजने चल पड़े। एक शिष्य जंगल में पहुँचा। उसने वहाँ बड़ा ही भयंकर दृश्य देखा। वह चौंक पड़ा—'अरे यह तो तपस्वी मुनि धर्मरुचि का शव है।' हताश एवं दुःखी मन से वह भिक्षुक गुरु के समीप आया। सारा वृतांत आचार्य से कहा। आचार्य ने कहा, "धर्मरुचि को किसी ने विषाक्त सब्जी दे दी थी। मैंने ही उससे कहा था कि तुम इसे किसी ऐसे स्थान पर डालना, जहाँ कोई जीव-जंतु खाकर मर न जाए। लगता है, दूसरे प्राणियों पर दया करके उसने सारी सब्जी स्वयं ही खा ली और संसार के सभी प्राणियों के प्रति मैत्री एवं करुणा का भाव लिये अपने शरीर को त्याग दिया।"

□

60

ये फल आपने भेजे हैं?

स्वामी दयानंद गंगा के किनारे अपनी कुटिया में रहते थे। वहाँ कई अन्य साधुओं की कुटियाँ भी थीं। इनमें एक साधु ऐसा था, जो स्वामीजी से बहुत ईर्ष्या करता था। वह उन्हें रोज सैकड़ों गालियाँ देता था।

एक दिन स्वामीजी की सेवा में कोई व्यक्ति भेंट-स्वरूप बहुत से फल दे गया। स्वामीजी ने सहज ही वे सारे फल उस साधु के पास भिजवा दिए।

साधु ने सेवक से कहा, "तुम भूल से मेरे यहाँ आ गए हो, वह भला मुझे फल क्यों देगा? मैं तो उसे रोज-रोज गालियाँ देता हूँ! तुम फिर से पूछ आओ।"

सेवक ने लौटकर फिर वही बात कही कि ये फल आपके लिए ही हैं।

अंततः साधु उठा और स्वामीजी के पास जाकर उनसे पूछा, "ये फल आपने भेजे हैं?"

स्वामीजी मुसकराए और निर्मल चित्त से बोले, "महात्मन, मैंने आपको इसलिए भेजे हैं कि आप इन्हें खाएँगे, तो शक्ति आएगी और नतीजे में आप मुझे और अधिक गालियाँ दे सकेंगे। मेरी अधिक निंदा कर सकेंगे।"

साधु दौड़कर स्वामीजी के पैरों पर गिर पड़ा और देखते-देखते पछतावे के आँसुओं से चरण पखार दिए।

□

61

तुम स्वयं अनाथ हो

'तुम स्वयं अनाथ हो, तुम मेरे नाथ कैसे बन सकते हो?'

एक बार राजगृह के निकट एक उद्यान में राजा श्रेणिक घूमने गए। वहाँ राजा ने एक वृक्ष के नीचे ध्यान करते हुए एक तरुण मुनि को देखा। मुनि के रूप और सौंदर्य को देखकर राजा आश्चर्यचकित हो गया। उसने मुनि से पूछा, "तुम युवावस्था में हो, यह उम्र सांसारिक सुख भोगने के लिए है। तुम मुनि कैसे बन गए?"

मुंनि ने कहा, "राजन! मैं अनाथ हूँ।" मुनि के उत्तर पर राजा ने कहा, "मैं तुम्हारा नाथ बनता हूँ। तुम मेरे राजमहल में चलो। मैं तुम्हें सब प्रकार की सुख-सुविधाएँ प्रदान करूँगा।" मुनि ने कहा, "राजन! तुम स्वयं अनाथ हो। तुम मेरे नाथ कैसे बन सकते हो?" श्रेणिक ने कहा, "मैं मगध का राजा हूँ। मैं अनाथ कैसे हूँ?" मुनि ने कहा, "आप अनाथ और सनाथ की परिभाषा नहीं जानते। धन-संपत्ति और ऐश्वर्य होने मात्र से कोई सनाथ नहीं होता। मैं अपने पिता का प्रिय पुत्र था। पिता के पास ऐश्वर्य की कोई कमी नहीं थी। किंतु एक समय मेरी आँखों में तीव्र वेदना उत्पन्न हुई। बड़े-बड़े चिकित्सक आए, पर वे मेरी वेदना को ठीक नहीं कर सके। मेरी माँ, भाई, बहन और पत्नी ने मेरी खूब सेवा की, पर पीड़ा कम नहीं हुई। मेरा कोई त्राण नहीं था, यही मेरी अनाथता थी।

"एक दिन रात को मैंने चिंतन किया, ये धन, परिजन आदि सब मिथ्या हैं। इनका आश्रय छोड़े बिना मुझे शांति नहीं मिलेगी। मैं प्रातःकाल होते ही

सब संग छोड़कर मुनि बन जाऊँगा। और दूसरे दिन मैं मुनि बन गया। मुझे मन में शांति प्राप्त हुई और मेरी बीमारी भी दूर हो गई।" राजा ने श्रद्धापूर्वक मुनि की वंदना की और ध्यान में बाधा डालने के लिए क्षमा माँगी।

□

62

ईर्ष्या का दुष्फल

एक गरीब ब्राह्मण था। दूसरों के यहाँ पूजा-पाठ करके किसी तरह अपना काम चलाता था। लेकिन वृद्धावस्था आने पर उसका चलना-फिरना कम हो गया। अतः कभी-कभी उसे भूखा रहना पड़ता था। किसी ने उसका कष्ट देखकर कहा, "तुम व्यंतर देव की आराधना करो, तुम्हारा कष्ट दूर हो जाएगा।" उसने व्यंतर देव की आराधना की। देवता प्रसन्न हुआ। उसे मकान, धन, सोना, चाँदी और रत्न मिल गए। उसके पड़ोस में एक ईर्ष्यालु रहता था। उसने उससे पूछा, "तुम्हारा तो कोई कमानेवाला नहीं है, तुमको इतनी धन-दौलत कहाँ से मिल गई?" वह ब्राह्मण बड़ा सरल हृदय था। उसने उसको सारी बात सही-सही बता दी। पड़ोसी ने उससे व्यंतर देव की पूजा करने की विधि पूछी और देव की आराधना की। देव ने कहा, "तुम जो भी माँगोगे, मिलेगा, पर तुम्हारे पड़ोसी को उससे दोगुना मिलेगा।" उसने कहा ठीक है, लेकिन वह दुर्बुद्धि था। उसने माँगा मेरे घर के सामने एक कुआँ खुदवा दो तथा मेरी एक आँख चली जाए।" देव ने कहा, "एवमस्तु।" उसके घर के सामने एक कुआँ खुद गया, लेकिन पड़ोसी के घर के सामने दो कुएँ खुद गए। फिर उसकी एक आँख चली गई, पर पड़ोसी की दोनों आँखें चली गईं। अंधा होने पर पड़ोसी एक दिन कुएँ में गिरकर मर गया। ईर्ष्या के कारण सर्वनाश हुआ।

□

63

नमि राजर्षि

(जहाँ अनेक हैं, वहाँ दुःख है, पीड़ा है, जहाँ एक है, वहाँ शांति है।)

मिथिला के राजा नमि एक बार छह मास तक दाह ज्वर से पीड़ित रहे। अनेक उपचार कराने पर कोई लाभ नहीं हुआ। एक वैद्य ने शरीर पर चंदन का लेप लगाने के लिए बताया। रानियाँ चंदन घिसने लगीं। चंदन घिसते समय हाथों के कंगन परस्पर टकराए, राजा कंगन की आवाज सहन नहीं कर सके। रानियों ने सौभाग्यसूचक केवल एक-एक कंगन रखा, बाकी सब उतार दिए। आवाज बंद हो गई। राजा ने पूछा, "क्या चंदन घिसना बंद कर दिया?" रानियों ने कहा, "सबने केवल एक-एक कंगन रखा है। अतः आवाज बंद हो गई है।"

राजा के मन के भाव बदल गए। वे सोचने लगे, 'जहाँ अनेक हैं, वहाँ संघर्ष है, दुःख है, पीड़ा है, अशांति है, जहाँ एक है, वहाँ पूर्ण शांति है। जहाँ शरीर, मन, धन और परिवार है, वहाँ दुःख है। जहाँ केवल एक आत्मभाव है, वहाँ दुःख नहीं है।' राजा संसार से विरक्त हो गया।

देवराज इंद्र राजा की परीक्षा लेने आए। उन्होंने अनेक प्रश्न पूछे। राजा ने सबका समाधानपूर्वक उत्तर दिया। अंत में राजा ने कहा, "बाहर के हजारों शत्रुओं को जीतने की अपेक्षा केवल एक अपनी आत्मा को जीतना बहुत कठिन है। वही वास्तविक विजय है।" इंद्र उनके उत्तर से प्रभावित हुए और उनसे क्षमा माँगकर चले गए।

□

64

मेघ कुमार

मेघ कुमार राजगृही नरेश श्रेणिक का पुत्र था। वह सुशिक्षित, सुंदर और तेजस्वी राजकुमार था।

एक बार भगवान् महावीर राजगृही के गुणशील उद्यान में पधारे। हजारों लोग उनके दर्शन को पधारे। सबको जाते देखकर मेघ कुमार भी वहाँ गया। उसने भगवान् की देशना सुनी और बहुत प्रभावित हुआ। उसके मन में वैराग्य उत्पन्न हुआ और उसने माता-पिता से पूछकर दीक्षा ले ली।

मुनि-जीवन की प्रथम रात्रि। नवदीक्षित होने के कारण उसको सोने का स्थान सबके बाद दरवाजे के पास मिला। रात्रि को अन्य अनेक मुनि उसके पास से गुजरते, उसके पाँव छू जाते। वह खिन्न हो गया। ठीक से रात्रि में सो नहीं पाया। सोचा, श्रमण जीवन के परीषह सहन करना कठिन है। मैं सुबह भगवान् से अनुमति लेकर मुनि जीवन का त्याग कर दूँगा।

वह सुबह भगवान् महावीर के पास पहुँचा। वे तो सर्वज्ञ थे। उन्होंने कहा, "आओ मेघ! एक रात्रि की असुविधा ने तुमको खिन्न कर दिया है।" उन्होंने उसको उसके पूर्वजन्म की कहानी सुनाई। उन्होंने कहा, "तुम पूर्वजन्म में एक हाथी थे। उस समय जंगल में भयंकर दावाग्नि भड़क उठी। सभी जानवर एक सुरक्षित स्थान पर पहुँचे। तुम भी वहाँ पहुँचे। उस समय तुमने शरीर को खुजलाने के लिए अपना एक पैर ऊपर उठाया। उसी स्थान पर एक नन्हा खरगोश आकर बैठ गया। तुमको उस पर दया आ गई। तुम पैर नीचा नहीं कर सके। दो दिनों बाद सब जानवर वहाँ से जाने लगे। तुमने पैरों को नीचे किया, पर तुम्हारे पैर अकड़ गए। तुम धड़ाम से नीचे गिरे और मृत्यु को प्राप्त हुए। नन्हे खरगोश की

करुणा से अगले जन्म में तुमको राजा श्रेणिक के परिवार में जन्म मिला।"

मेघ कुमार को बोध प्राप्त हुआ। उसने कहा, "मुझसे भूल हुई। अब मैं अपना पूरा जीवन धर्मसंघ को अर्पित करता हूँ।"

□

65

बुढ़िया की कहानी

एक बुढ़िया एक गाँव से दूसरे गाँव जा रही थी। उसके पास एक भारी पोटली थी। उसने एक घुड़सवार को जाते हुए देखा। उसने उसको रोका और कहा कि "यह पोटली भारी है, मुझसे चला नहीं जाता। तुम इसे अगले गाँव ले जाओ। मैं आ रही हूँ।" घुड़सवार ने कहा, "तुम पैदल चल रही हो, मैं घोड़े पर हूँ। पता नहीं तुम कब पहुँचोगी! मैं इसे नहीं लेता।" फिर वह आगे निकल गया। थोड़ा आगे जाने पर उसने सोचा कि मुझे पोटली ले लेनी चाहिए। क्या पता उसमें कुछ महँगा सामान हो! वह वापस लौटा और बुढ़िया को कहा, "लाओ पोटली दे दो।" लेकिन बुढ़िया ने पोटली नहीं दी। उसने कहा, "अभी तो तुम पोटली दे रही थी, अब क्या हो गया।" बुढ़िया ने कहा, "जिसने तुमको पोटली लेने को कहा, उसी ने मुझे मना कर दिया।"

□

66

भावना का परिवर्तन

(कमलावती रानी ने किया राजा की भावना का परिवर्तन।)

प्राचीन काल में इषुकार नाम का नगर था, उसके राजा का नाम भी इषुकार था तथा रानी का नाम था कमलावती। उनके राजपुरोहित का नाम था भृगु और उसकी पत्नी का नाम था यशा। उनके दो पुत्र थे। एक दिन एक देव ने भविष्यवाणी की कि तुम्हारे दोनों पुत्र बचपन में ही दीक्षा ग्रहण कर लेंगे। अत: यशा अपने पुत्रों को समझाती कि तुम कभी साधुओं के पास मत जाना, वे छोटे बच्चों को उठाकर ले जाते हैं। अत: बालक साधुओं से डरते रहते थे। एक दिन वे गाँव के बाहर खेल रहे थे। अचानक उसी रास्ते दो साधु आए। बालक जल्दी से एक पेड़ पर चढ़ गए। वे साधु भी उसी वृक्ष के नीचे आए तथा उन्होंने स्थान को साफ कर, रजोहरण से चींटियों को हटाया तथा यत्नपूर्वक भोजन किया। बालकों का भय दूर हुआ और वे साधुओं के पास आए। साधुओं ने उन्हें प्रतिबोध दिया। उन्होंने संयम लेने का निर्णय लिया। घर आकर उन्होंने माता-पिता को अपना निर्णय बताया। माता-पिता ने उनको बहुत समझाया, पर नहीं मानने पर उन दोनों ने भी उनके साथ संयम लेने का निर्णय लिया।

भृग पुरोहित के पास विपुल मात्रा में धन-संपत्ति थी। तत्कालीन परंपरा के अनुसार वह राज भंडार में उस संपत्ति को जमा कराने ले गया। कमलावती रानी को यह सूचना मिली तो उसने राजा को समझाया, "जीवन क्षणिक है और तुम भृगु पुरोहित की संपत्ति को ले रहे हो। यह तो दूसरों के वमन को चाटने

के समान है।" यह सुनने पर राजा के हृदय का परिवर्तन हो गया। राजा और रानी दोनों भोगों से विरक्त हो गए और संयम स्वीकार करने का संकल्प लिये। इस प्रकार राजा और रानी, पुरोहित और उसकी पत्नी तथा दोनों बालक—छहों व्यक्ति दीक्षा ले लिये।

□

67

अरिष्टनेमी

(पशुओं की पुकार ने करुणा का मार्ग बताया।)

राजा समुद्रविजय के चार पुत्र थे। उनमें से अरिष्टनेमी सबसे बड़े थे। राजा उग्रसेन की पुत्री राजीमती से उनका विवाह निश्चित हुआ था। जब वे विवाह मंडप के निकट पहुँचे तो विवाह की खुशी में बजाए जानेवाले वाद्यों के बीच भी उनको बाड़ों और पिंजरों में बंद पशु-पक्षियों का कोलाहल सुनाई दिया। उन्होंने सारथी से पूछा, "ये पशु-पक्षी क्यों बंद कर रखे हैं?" उसने उत्तर दिया, "महाराज! आपके विवाह के उपलक्ष में भोज दिया जाएगा, उसी हेतु इन हजारों पशु-पक्षियों को बंद कर रखा है। उनका मांस बरातियों को परोसा जाएगा।" अरिष्टनेमी ने सुना तो आगे नहीं जा सके। उन्होंने सारथी को सभी पशु-पक्षियों को छोड़ने की आज्ञा दी तथा बरात को छोड़कर वापस लौट गए। करुणा के सागर अरिष्टनेमी विरक्त होकर मुनि बन गए। बाद में उनके छोटे भाई, अरिष्टनेमी तथा राजकुमारी राजीमती भी दीक्षित हुईं।

□

68

संत दर्शन से लाभ

साधु-संतों का जब हम दर्शन करते हैं तो वे हमें कुछ व्रत नियम लेने की प्रेरणा देते हैं। एक बार एक गाँव में एक संत चातुर्मास हेतु आए। बहुत से लोग उनका व्याख्यान सुनने को पहुँचे। व्याख्यान बहुत रोचक और प्रभावशाली थे। महात्मा ने सबको कुछ नियम लेने को कहा। बहुत से भक्तों ने प्रतिदिन संत दर्शन का संकल्प लिया। एक सेठ पहली बार ही आया था। उसने कहा, "मैं संत दर्शन का नियम तो नहीं ले सकता हूँ, पर मेरे घर के पड़ोस में एक कुम्हार रहता है, उसके सिर के बाल उड़ गए हैं। मैं उसके सिर के दर्शन रोज करता हूँ, उसका नियम ले सकता हूँ।" संत ने कहा है, "ठीक है, उसका नियम ले लो। केवल एक ही शर्त है कि यह व्रत कभी खंडित नहीं होना चाहिए।" संत ने इस नियम की प्रतिज्ञा करा दी।

समय बीतने लगा। वह व्यक्ति प्रतिदिन प्रात: उठते ही कुम्हार के घर की तरफ झाँकता। उसका घर नीचे था। अत: उसका सिर दिखाई देता और उसकी प्रतिज्ञा पूरी हो जाती।

एक दिन कुम्हार चार बजे ही गधों को लेकर मिट्टी लाने के लिए तीन-चार मील दूर खदान पर चला गया। वह गहरे गड्ढे में उतरकर मिट्टी खोदने लगा। देवयोग से कुम्हार को मिट्टी खोदते हुए एक घड़े की नोक दिखाई दी। उसने थोड़ा और खोदा तो उसको घड़े में सोने की अशर्फियाँ नजर आईं। उसने सोचा, अब मेरी दरिद्रता धुल जाएगी।

उसी समय कुम्हार का पड़ोसी अपने घर में उठा। उसने कुम्हार के घर की ओर झाँका, पर कुम्हार नजर नहीं आया। उसने कुम्हारिन से पूछा कि आज

कुम्हार कहाँ चला गया? उसने कहा कि वे तो आज खदान में मिट्टी लाने चले गए और दोपहर तक लौटेंगे।

वह भक्त चक्कर में पड़ गया। उसकी बिस्तर से उठते ही चाय पीने की आदत थी। कुम्हार की प्रतीक्षा करना बहुत कठिन था। वह घोड़ा लेकर कुम्हार की खोज में निकला। इधर भक्त का खदान के पास जाना हुआ और उधर कुम्हार का घड़ा लेकर निकलना हुआ। भक्त ने उसका सिर देखकर कहा, "देख लिया, बस देख लिया।" कुम्हार ने सोचा कि भक्त ने मेरा घड़ा देख लिया है। उसने कहा, "रुको, रुको! शोर क्यों करते हो, आधा मेरा और आधा तुम्हारा।" सेठ फौरन समझ गया कि बात कुछ और है। पास गया तो उसको कुम्हार के पास घड़े में अशर्फियाँ नजर आईं। सेठ ने कहा, "ठीक है, यह बात किसी को बताना नहीं। हम दोनों माला-माल हो जाएँगे।" दोनों घर पर आए और उन्होंने अशर्फियाँ बाँट लीं।

दूसरे दिन वह सेठ संत के पास गया और कहा, "मुझे प्रतिदिन संत दर्शन के नियम करा दें।" संत के पूछने पर सेठ ने सारी घटना सुनाई। तात्पर्य है कि प्रतिदिन नियम लेने और उसका पालन करने से बहुत लाभ होता है।

□

69

वैर का बदला

एक नगर था। उसमें कुछ क्षत्रिय परिवार निवास कर रहे थे। शस्त्रों के संचालन में क्षत्रिय स्वभावतः निपुण हुआ करते हैं। यद्यपि उनकी शस्त्र-विद्या का उपयोग शत्रुओं से अपने देश एवं समाज की रक्षा के लिए ही होना चाहिए, किंतु कभी-कभी छोटी सी बात पर भी वे अपने शस्त्रों का प्रयोग आपस में कर बैठते हैं।

एक बार क्षत्रिय परिवार के एक सदस्य को किसी हत्यारे ने मार दिया। मृत व्यक्ति का भाई बड़ा दुःखी हुआ और शोक-सागर में डूब गया। माता भी अपने बेटे की हत्या से अत्यंत दुःखी हुई। किंतु केवल दुःख करते रहने से तो कुछ आना-जाना था नहीं। बूढ़ी माँ की नसों में क्षत्रिय का खून बह रहा था। वह वीर पत्नी और वीर माता थी। उसके परिवार में तो पीढ़ियों से प्राण लेने और देने का खेल चला आ रहा था।

कुछ समय शोक में डूबे रहने के बाद बूढ़ी माँ को क्षत्रिय कुल की आन-बान और शान का खयाल आया। आहत सर्पिणी की भाँति वह फुफकार उठी, उसने अपने पुत्र से कहा, "बेटा! अब शोक का त्याग कर, उठ, जाग और उठा ले तलवार हाथ में। तू एक वीर क्षत्रियाणी का पुत्र है। तेरी नसों में क्षत्रिय का रक्त है। शत्रु से बदला न लेना और रोते बैठे रहना तो कायरों का काम है। तू कायर मत बन, उठ, जाकर अपने शत्रु से बदला ले। उसका शीश काटकर ला और मेरे चरणों में रख। यदि तुम ऐसा न कर सके तो अपना मुँह मुझे कभी मत दिखाना।"

जन्म से ही वीरता के संस्कारों में पले क्षत्रिय को होश आया। माता की ललकार ने उसकी आत्मा को झकझोर दिया। एक सच्चे वीर की भाँति उसने

नंगी तलवार लेकर प्रतिज्ञा की···"माँ! प्रतिज्ञा करता हूँ और तुझे वचन देता हूँ कि अपने भाई के हत्यारे को आकाश और पाताल में जहाँ कहीं भी होगा, मैं खोज निकालूँगा और उसका सिर काट तेरे चरणों में रख दूँगा। यदि मैं ऐसा न कर सका तो समझना कि तूने मुझे जन्म ही नहीं दिया। तेरी कोख से कोई जीवित मनुष्य नहीं, पत्थर ही जन्मा था।"

माता के चेहरे से शोक के बादल दूर हो गए। जन्म और मृत्यु का खेल तो चलता ही रहता है। किंतु शत्रु से भरपूर बदला लिये बिना कैसा जीवन? उसने अपने पुत्र को आशीर्वाद देते हुए कहा, "पुत्र! यशस्वी बनो। मृत्यु का भय कायरों को होता है। तू तो मेरा वीर पुत्र है। जा, काल के समान अपने शत्रु को चारों दिशाओं में से खोजकर, सिंह के समान झपटकर उसका रक्त पी जा और उसका शीश काटकर ले आ।" माता को प्रणाम कर वीर क्षत्रिय चल पड़ा। उसके क्रोधित मुख को देखकर एक बार तो दिशाएँ भी काँपती सी प्रतीत हो रही थीं। लेकिन वह कायर हत्यारा तो जाने कहाँ जा छिपा था!

ग्राम-नगर-पर्वत-वन और रेगिस्तान, सभी स्थानों पर हत्यारा तो मानो अदृश्य होकर हवा में जा मिला था! उसका कहीं भी कोई चिह्न तक दिखाई नहीं दे रहा था। वह क्षत्रिय भी हार माननेवाला अथवा थकनेवाला नहीं था। उसे तो बैर का बदला लिये बिना जीना ही नहीं था। अनंतकाल तक भी यदि भटकना पड़े तो वह भटकेगा, किंतु शत्रु को तो खोजना ही है, बदला तो लेना ही है···!

बारह वर्ष व्यतीत हो गए। आखिर एक दिन वह हत्यारा उस क्षत्रिय की नजर में आ गया। उसे देखते ही क्षत्रिय की आँखों में खून उतर आया। उसने उसके भाई की हत्या तो की ही थी, बारह-बारह वर्ष तक भटकाया भी था, अतः वीर क्षत्रिय ने सोचा, अब गिन-गिनकर बदला लूँगा।

यह सोचकर क्षत्रिय ने हत्यारे की गरदन पकड़ ली और बोला, "नीच! अब तो तुझे अपनी माता के सामने ही यमलोक भेजूँगा, ताकि उसका कलेजा ठंडा हो।"

वीर क्षत्रिय ने हत्यारे को पकड़कर माँ के समक्ष उपस्थित किया और उसके चरणों में हत्यारे को पटककर कहा, "ले, माँ! तेरे पुत्र के हत्यारे को आखिर पकड़ ही लाया हूँ। इस दुष्ट का सिर तू अपने ही हाथों से भुट्टे की तरह उड़ा दे।"

पुत्र ने तलवार अपनी माता की ओर बढ़ाई। किंतु माता ने तलवार पकड़ने के लिए हाथ नहीं बढ़ाया। वह एकटक उस रोते-गिड़गिड़ाते हत्यारे को देख रही थी और उसकी करुण पुकार सुनती जा रही थी, "क्षत्रियाणी माँ! तुम तो वीर माता हो। मैं नीच हत्यारा हूँ। मुझे क्षमा कर दो। मेरे प्राण बचा दो। मैं भीख माँगता हूँ। मेरे बिना मेरी बूढ़ी माँ बिलख-बिलखकर मर जाएगी। मेरे छोटे-छोटे बच्चे भूख से तड़प-तड़पकर मर जाएँगे। क्षत्रियाणी माँ! तुम्हारे हृदय में तो एक माता का⋯।"

क्षत्रिय-पुत्र ने क्रोध में आकर उस हत्यारे को एक ठोकर मारी और कहा, "अब तुझे अपनी माँ और बच्चों की याद आई है? हत्यारे! उस समय क्या हुआ था, जब तूने मेरे भाई की हत्या की थी? क्या उसकी कोई माता नहीं थी? कोई भाई नहीं था? कोई बच्चे नहीं थे?"

ठोकर खाकर हत्यारे का सिर भन्ना गया था। कुछ क्षण साँस लेकर वह फिर से गिड़गिड़ाया, "मेरी जान मत लो। मेरे बच्चों को अनाथ मत करो⋯।"

"बस⋯ बस⋯बेटा! रहने दे। छोड़ दे। जाने दे इसे, अपने बच्चों के पास⋯।"

"क्या कहती हो माँ?" क्षत्रिय ने अपनी माता की बात सुनकर कहा, "इसे जीवित ही जाने दूँ? माँ, तुम होश में तो हो न? अपने वैर का बदला लिये बिना, इसे कैसे छोड़ दूँ?"

"हाँ, बेटा! छोड़ दे। मैं कहती हूँ, इसे छोड़ दे। क्षमा कर दे। तू अभी नहीं समझेगा, लेकिन मेरे भीतर भी एक माँ का हृदय है। मैं समझ सकती हूँ। जो होना था, वह हो गया। गया हुआ समय और गया हुआ प्राणी फिर नहीं लौट सकता। अब इसे मारने से क्या मिलेगा? तेरा भाई तो अब लौटकर आने से रहा।"

"लेकिन माँ! वैर का बदला⋯।"

"वैर की यह परंपरा ही नष्ट कर देनी है, अन्यथा इसका कहीं भी अंत नहीं आएगा। इसी प्रकार हत्याएँ होती रहेंगी। इसी प्रकार बालक अनाथ होते रहेंगे, कुलवधुएँ विधवाएँ होती रहेंगी, माताएँ पुत्रविहीन होती रहेंगी। नहीं बेटा! छोड़ दे इसे, बदला पूरा हो चुका⋯।"

"बदला पूरा हो चुका?" बात क्षत्रिय-पुत्र के समझ में नहीं आई। हतप्रभ

होकर माँ की ओर वह देखता ही रहा। तदनंतर उसकी तलवार स्वत: ही धीरे-धीरे म्यान में चली गई।

बंधनों से हत्यारे को मुक्त करके क्षत्रियाणी ने उसे विदा करते हुए कहा, "बेटा! अब कभी क्रोध मत करना, हिंसा मत करना, किसी को दु:ख मत देना। यदि तू ऐसा करेगा तो मैं समझूँगी कि बदला पूरा हुआ।"

□

70

असहनीय उपसर्ग (कानों में कीलें ठोंकीं)

साधना-काल के तेरहवें वर्ष में श्रमण महावीर छम्माणि गाँव के बाहर कायोत्सर्ग मुद्रा में खड़े थे। उसी समय खेतों में काम करता हुआ एक ग्वाला वहाँ अपने बैल लेकर आया। श्रमण को देखकर बोला, "देव! जरा मेरे बैलों की देखभाल करना, मैं थोड़ी देर में आता हूँ।" यह कहकर वह वहाँ से गाँव चला गया।

थोड़ी देर में वह वापस आया तो उसे बैल नहीं मिले। वे चरते-चरते कहीं दूर निकल गए थे। उसने महावीर से पूछा, "देव! मेरे बैल कहाँ गए?" महावीर तो मौन-ध्यान में तल्लीन थे, उत्तर कहाँ से देते? इस पर वह ग्वाला आग-बबूला हो गया। उसने फिर पूछा, "ऐ ढोंगी बाबा! तुझे कुछ सुनाई देता है या नहीं?" महावीर ने कोई उत्तर नहीं दिया। उसने कहा, "अच्छा, मैं तेरे कानों की चिकित्सा करता हूँ।" आवेश में मूढ़ ग्वाला जंगल में गया और वहाँ से किसी वृक्ष की दो पैनी लकड़ियाँ लीं और महावीर के कानों में ठोंक दीं। उन्हें असह्य मरणांतक वेदना हुई, पर उन्होंने उफ तक नहीं की। वे महाश्रमण तब भी ध्यान से तनिक भी विचलित नहीं हुए।

कार्योत्सर्ग पूर्ण होने पर वे मध्यमा नगरी पधारे तथा सिद्धार्थ वणिक के घर गोचरी ली। वणिक ने उनके कानों में कीलों को देखा तो वह दुःख से काँप उठा। उसने तुरंत खरक नामक वैद्य को बुलाया। उसने कानों से कीलें निकालीं।

भगवान् को असह्य वेदना हुई। उनके मुख से एक भयंकर चीख निकल गई। खरक ने कानों में औषधि एवं तेल का मर्दन किया, जिससे उनके घाव कुछ दिनों में भर गए।

साधक जीवन की यह मानो अंतिम वेदना थी, अंतिम कड़ी थी, जो अब समाप्त हो गई।

(त्रिषष्टिशलाकापुरुषचरित 10/4)

□

71

नींव का पत्थर

लालबहादुर शास्त्री बड़े ही हँसमुख स्वभाव के थे। लोग उनके भाषण और निस्स्वार्थ सेवाभावना जैसे गुणों से अनायास ही प्रभावित हो जाते थे। लेकिन जब वे लोकसेवा मंडल के सदस्य बने तो वे बहुत ज्यादा संकोची हो गए। वे नहीं चाहते थे कि उनका नाम अखबारों में छपे और लोग उनकी प्रशंसा और स्वागत करें।

एक दिन शास्त्रीजी के मित्र ने उनसे पूछा, "शास्त्रीजी! आपको अखबारों में नाम छपवाने से इतना परहेज क्यों?"

शास्त्रीजी कुछ देर सोचकर बोले, "लाला लाजपतरायजी ने मुझे लोक सेवा मंडल के कार्य की दीक्षा देते हुए कहा था, ''लाल बहादुर! ताजमहल में दो प्रकार के पत्थर लगे हैं। एक बढ़िया संगमरमर के पत्थर हैं, जिनको सारी दुनिया देखती है और प्रशंसा करती है। दूसरे ताजमहल की नींव में लगे हैं, जिनके जीवन में केवल अँधेरा-ही-अँधेरा है, लेकिन ताजमहल को वे ही खड़ा रखे हुए हैं।'' लालाजी के ये शब्द मुझे हर समय याद रहते हैं और मैं नींव का पत्थर ही बना रहना चाहता हूँ।

□

72

कितना कठिन है तीन गुप्ति का पालन

जीवन में सफलता के लिए आवश्यक है, आत्म-संयम का पालन। संयम तीन प्रकार का है—मन का, वचन का और काया का संयम। भगवान् महावीर ने कहा—

'अप्पा चेव दमेयव्वो, अप्पा हु खलु दुद्दमो।
अप्पा दंतो सुही होइ, अस्सिं लोए परत्थ य॥

—उत्तरा.सूत्र 1/15

अर्थात् अपनी आत्मा का दमन करो, अपने आपको जीतो। अपनी आत्मा का दमन करना बहुत कठिन है। जो अपनी आत्मा का दमन कर लेता है, वह इस लोक और परलोक में सुखी होता है।

महारानी चेलना महाराज श्रेणिक की धर्मपत्नी थी। धर्म में उसका बहुत अनुराग था। एक दिन एक संत उसके यहाँ गोचरी के लिए पधारे। महारानी ने तीन उँगलियाँ सामने कीं। संत ने दो उँगलियाँ सामने कीं। महारानी ने हाथ से इशारा किया कि चले जाओ। फिर एक दूसरे संत आए। महारानी ने फिर तीन उँगलियाँ सामने कीं। संत ने दो उँगलियाँ सामने कीं। फिर महारानी ने इशारा किया, चले जाओ। एक तीसरा संत आया। फिर उसने वही बात की।

महाराज श्रेणिक उनको दूसरे कमरे से देख रहे थे। उन्होंने महारानी से पूछा कि क्या बात है? वे संत क्यों आए और बिना गोचरी लिये चले गए? महारानी ने कहा, बात कुछ नहीं। वे मेरा प्रश्न समझ गए थे। मैं उनका उत्तर समझ गई थी। आपको शंका हो तो आप उनसे पूछें, मेरे से आप संतुष्ट नहीं होंगे।

महाराज पहले संत के पास गए और पूछा, आप मेरे घर गोचरी के लिए

आए थे। पर बिना गोचरी लिये लौट गए। उसका क्या कारण है? संत ने कहा कि महारानी ने मुझसे पूछा कि आप तीन गुप्तिधारी साधु है या नहीं? मैंने कहा कि मैं वचनधारी और कायाधारी हूँ। अभी मन गुप्तिधारी नहीं हूँ। महाराजा ने पूछा कि आप यह कैसे कह सकते हैं? संत ने कहा—मैं दीक्षा के पूर्व विवाहित था। एक दिन मैं भिक्षा के लिए गया तो एक सेठानी के पाँव पर मेरी नजर पड़ी और मुझे मेरी पत्नी की याद आ गई। साधु के लिए संसार के पूर्वकाल के भोग की याद आना उचित नहीं है, उससे ब्रह्मचर्य की एक बाड़ का खंडन होता है।

फिर महाराजा दूसरे संत के पास गए। फिर वही प्रश्न और फिर वही उत्तर। उन्होंने कहा—मेरे पास वचनगुप्ति नहीं थी। महाराजा ने पूछा—कैसे? संत ने उत्तर दिया—एक बार मैं उद्यान के चबूतरे पर ध्यानमग्न था। वहाँ कुछ बच्चे खेल रहे थे। उनकी गेंद मेरी गोद में आकर गिरी। मेरा ध्यान टूटा। बच्चे घबरा गए कि यह साधु हमको शाप दे देगा। मैंने कहा—डरो मत, घबराओ मत, निर्भीक व निडर रहो। उसी समय उसी स्थान से उज्जैन का राजा चंडप्रद्योत युद्ध के हेतु निकल रहा था। उसने सोचा, साधु मुझे आशीर्वाद दे रहे हैं। साधु को अपने वचन परिस्थिति व समय देखकर निकालने चाहिए। अतएव, मेरे पास वचनगुप्ति नहीं थी।

महाराजा फिर तीसरे साधु के पास गए। उससे भी वही प्रश्न पूछा। उसने कहा—महाराज, मेरे पास कायागुप्ति नहीं थी। महाराजा ने पूछा—कैसे? उसने कहा—महाराज, मेरा नाम मणिपाल था और मैं मणिनगर का राजा था। दीक्षा लेने के बाद मैं उज्जैन के महाकाल श्मशान में ध्यान कर रहा था। मैं अकंप व अचेल बनकर शवमुद्रा में लेटा हुआ था। उसी समय एक कापालिक वहाँ अपनी विद्या सिद्ध करने आया। उसने मुझे मरा समझकर पास की लकड़ियों को इक्कठा कर अग्नि लगा दी। अग्नि का ताप मुझसे सहन नहीं हुआ और मेरा पाँव हिल गया। कापालिक ने समझ लिया कि मैं जीवित हूँ। इस प्रकार मैं अपनी काया पर नियंत्रण नहीं रख पाया।

राजा श्रेणिक को तीनों की बातें सुनकर बहुत आश्चर्य हुआ और धर्म के बारे में उसकी श्रद्धा गहरी हो गई। यही महारानी चेलना का उद्देश्य था।

□

73

गांधीजी और ईसाई पादरी

दक्षिण अफ्रीका में एक ईसाई मिशनरी गांधीजी के संपर्क में आया। गांधीजी उस समय वहाँ पर वकालत करते थे। गांधीजी की श्रद्धा-भक्ति तथा सब धर्मों के प्रति सद्भावना को देखकर उसने सोचा कि अगर वह इस व्यक्ति को ईसाई धर्म की दीक्षा दे दे तो भारत में ईसाई धर्म के प्रचार में बहुत मदद मिलेगी। यूँ तो कितने लोग लाभ के लोभ में ईसाई बन सकते हैं, किंतु गांधी जैसा चरित्र संपन्न व श्रद्धालु व्यक्ति अगर ईसाई बन गया तो यह उसकी असाधारण सफलता मानी जाएगी। उसने गांधीजी को प्रत्येक रविवार दोपहर का भोजन अपने यहाँ करने का निमंत्रण दिया, जिसे गांधीजी ने स्वीकार कर लिया। उनकी केवल एक शर्त थी कि वे मांस या अंडे की बनी हुई कोई चीज नहीं खाएँगे। गांधीजी उसके यहाँ रोटी, चावल, फल व सब्जियाँ आदि अपने योग्य पदार्थ चुनकर खाते थे।

लेकिन तभी एक बात हुई। मिशनरी के बच्चे अपने माँ-बाप से पूछने लगे कि मि. गांधी मांस की चीजें क्यों नहीं खाते? उनके माँ-बाप ने कहा, "मांस खाना उनके धर्म के खिलाफ है?" उन्होंने फिर पूछा, "उनका धर्म क्या कहता है?" उत्तर मिला, "मांसाहार करना पाप है।" बच्चों ने फिर पूछा, "क्यों पाप है?" उत्तर मिला, "क्योंकि पशु-पक्षियों को जब हम मारते हैं, तब उन्हें दुःख होता है। जानवर पसंद नहीं करते कि उनकी हत्या हो, इसलिए उन्हें मारना पाप है।" इस पर बच्चों ने कहा, "बात सही मालूम पड़ती है। इस तरह जानवर मारकर खाना ठीक नहीं। आज से हम भी मांस छोड़ देंगे।"

बच्चों के माँ-बाप ने गांधीजी को बुलाकर कहा, "मि. गांधी, आपकी

देखा-देखी हमारे बच्चे मांस खाना छोड़ बैठे हैं। हमें डर है कि इस तरह वे मांस खाना छोड़ देंगे तो उनके स्वास्थ्य पर बुरा असर पड़ेगा। वे कमजोर हो जाएँगे।"

गांधीजी ने कहा, "मैं आपको विश्वास दिलाता हूँ कि उनका स्वास्थ्य कमजोर नहीं होगा।" लेकिन इसके बाद उस पादरी ने गांधीजी को भोजन के लिए निमंत्रण देना बंद कर दिया।

□

74

वैमनस्य

अशोक का पुत्र कुणाल उज्जयिनी में पिता के पास रहता था। जब वह बारह वर्ष का हो गया तो पिता ने उसे शिक्षा के लिए पाटलिपुत्र भेजा। उसने अपने मंत्री को लिखा, 'अधीयतां कुमार' अर्थात् अब कुमार का अध्ययन प्रारंभ किया जाए। कुणाल की सौतेली माँ ने पत्र पढ़ा। उसने राजा का ध्यान हटाकर लिख दिया— 'अंधीयता कुमार' अर्थात् कुमार को अंधा कर दिया जाए। मंत्री ने उसको अंधा कर दिया। राजा को जब समाचार मिला तो वह बहुत दुःखी हुआ। □

75

सच्ची करुणा

एक बार एक सम्राट् को कोई भयंकर रोग हुआ। इलाज कराते-कराते वह थक गया, पर रोग नहीं मिटा। किसी हकीम ने सम्राट् को बताया कि अमुक विशेष लक्षणवाले व्यक्ति का कलेजा मिल जाए तो आपकी बीमारी दूर हो सकती है।

उस आदमी की खोज शुरू हुई। देश का चप्पा-चप्पा छान लिया। आखिर एक गाँव में एक गरीब लड़का मिला, जिसमें ये सब लक्षण थे। सम्राट् ने उस लड़के के माता-पिता को बुलाकर कहा, "इस लड़के के वजन के बराबर सोना ले लो, यह लड़का हमें दे दो।" लोभी माता-पिता ने सोने के बदले लड़के का सौदा कर लिया।

उसके बाद राज्य के न्यायाधीश ने भी अपना निर्णय दिया कि एक सम्राट् की जीवन-रक्षा के लिए एक व्यक्ति को मार डालना कोई अपराध नहीं है, न्याय की दृष्टि से यह उचित है।

अब उस लड़के को वध के लिए खड़ा किया गया तथा जल्लाद हाथ में चमचमाता खंजर लेकर उसका कलेजा निकालने को तैयार हुआ। तभी वह असहाय लड़का आकाश की ओर देखकर बड़ी जोर से हँसा।

सम्राट् ने चकित होकर पूछा, "मौत को सामने देखकर लोग रोते हैं, सिर पीटते हैं, तू ऐसे समय में क्यों हँस रहा है?"

लड़के ने कहा, "जो माता-पिता अपने पुत्र के लिए सबकुछ न्योछावर करने को तैयार रहते हैं, वे भी सोने की लालच में आकर पुत्र को बलि देने को तैयार हो गए। जो न्यायाधीश न्याय के सिंहासन पर बैठकर न्याय करने की शपथ

खाता है, वह भी कुछ चाँदी के टुकड़ों के लिए निर्दोष की हत्या का समर्थन करने लग गया, और जो सम्राट् प्रजा को संतान की तरह पालने के लिए सिंहासन पर बैठता है, वह सिर्फ अपनी बीमारी मिटाने के लिए मेरा कलेजा खाना चाहता है, तो ऐसे समय में उस भगवान् की तरफ देख रहा हूँ कि हे भगवान। ये सब तो अपने धर्म से च्युत हो गए हैं, अब तेरी परीक्षा है कि तू क्या करता है?"

लड़के की बात सम्राट् के हृदय में चुभ गई। उसकी आँखें भर आईं। लड़के का सिर चूमते हुए उसने कहा, "अपने शरीर के लिए किसी निर्दोष की हत्या करना उचित नहीं है।" उसने लड़के को सम्मान और प्यार देकर अपने पास रख लिया।

वास्तव में दूसरे के दुःख को अपना दुःख समझना ही सच्ची करुणा है।

□

76

ज्योतिषी को दंड

एक राजा ने एक ज्योतिषी को बुलाया और अपनी प्राणप्रिय पत्नी की आयु के बारे में पूछा। ज्योतिषी खरा था। उसने रानी की कुंडली देखकर कहा कि अगर आप नाराज न हों तो मैं सही बात बता सकता हूँ। राजा ने कहा, ठीक है। फिर उसने राजा को बताया कि आपकी रानी की उम्र अब मात्र सात दिन ही बची है।

राजा अपनी पत्नी को बहुत चाहता था। यह बात सुनते ही वह आग-बबूला हो गया। उसने मंत्री को आज्ञा दी कि इस ज्योतिषी का सिर धड़ से अलग कर दो। लेकिन मंत्री चतुर था। उसने राजा से कहा कि आप इतने उतावले न हों। हम इस ज्योतिषी को कैद में डालकर देखें तो सही कि इसकी बात सही होती है या नहीं? राजा मान गया।

सातवें दिन रानी को अचानक दिल का एक दौरा पड़ा और उसका प्राणांत हो गया। राजा बहुत दुःखी हुआ। फिर अचानक उसके मन में विचार आया कि मैं ज्योतिषी से यह तो पूछूँ कि मेरी उम्र कितनी लंबी है? ज्योतिषी भी अब चतुर हो गया था। उसने बड़ी तत्परता से उत्तर दिया, "मेरी मृत्यु के तुरंत बाद ही आपकी मृत्यु होनेवाली है।" राजा यह सुनकर विचारमग्न हो गया। उसने मंत्री को हुक्म दिया, "इस ज्योतिषी को तुरंत जेल से रिहा कर दो।"

आदमी को खुद अपनी जान कितनी प्यारी है! अपनी जान बचाने के लिए राजा ने ज्योतिषी का मृत्यु-दंड माफ कर दिया।

□

77

देश की इज्जत

स्वामी रामतीर्थ एक बार जापान गए। वहाँ वे रेल यात्रा करते हुए एक शहर से दूसरे शहर जाते। उन दिनों वे अन्न नहीं खाते थे, फल पर ही निर्वाह करते थे। एक दिन रेल यात्रा के दौरान उन्हें फल नहीं मिल सके। स्वामीजी को तीव्र भूख लगी। गाड़ी एक स्टेशन पर रुकी। स्वामीजी ने इधर-उधर नजर दौड़ाई, किंतु उन्हें फल नहीं दिखाई दिए। सहसा उनके मुख से निकल पड़ा, "जापान फलों के मामले में शायद गरीब देश है।"

स्वामीजी के डिब्बे के सामने खड़े एक युवक ने उनकी बात सुन ली। वह अपनी पत्नी को रेल में बिठाने आया हुआ था। यह सुनकर वह दौड़ा-दौड़ा स्टेशन के बाहर गया और एक टोकरी में फल लेकर स्वामीजी के पास आया तथा बोला, "ये लीजिए फल, आपको इनकी जरूरत है।"

स्वामीजी ने फल लेते हुए पूछा, "इनका मूल्य कितना है?"

युवक ने कहा, "इनका कोई मूल्य नहीं है। ये आपके लिए हैं।"

स्वामीजी ने पुनः मूल्य लेने का आग्रह किया, तो वह युवक बोला, "आप मूल्य देना ही चाहें, तो आपसे मेरी प्रार्थना है कि अपने देश में जाकर किसी से यह न कहें कि जापान फलों के मामले में गरीब देश है।"

"जिस देश का हर नागरिक अपने देश के सम्मान का इतना ध्यान रखता है, वह देश सचमुच महान् है।" स्वामी रामतीर्थ कह उठे।

78

मेनका गांधी और शाकाहार

श्रीमती मेनका गांधी आज हमारे देश में मांसाहार का व कत्लखानों का सक्षमता से विरोध कर रही हैं। वे हमारे देश की केंद्रीय मंत्री भी हैं। यह जानकर आश्चर्य होगा कि उन्होंने एक मांसाहारी परिवार में जन्म लिया था तथा शादी के बाद भी वे मांस भक्षण करती थीं। उनका हृदय कैसे परिवर्तित हुआ, इसकी एक कहानी है।

श्रीमती गांधी एक दिन अपने पति श्री संजय गांधी के साथ अपने घर में डाइनिंग टेबल पर भोजन कर रही थीं। दोपहर का समय था। उस समय उनके पास एक व्यक्ति का फोन आया कि एक ट्रक से टक्कर लगने से एक गाय भयानक रूप से दुर्घटनाग्रस्त हो गई है तथा अगर उसका समय पर इलाज नहीं हुआ तो उसकी जीवनलीला समाप्त हो जाएगी। श्रीमती गांधी मांसाहारी होते हुए भी पशुओं के कल्याण में विश्वास रखती थीं। वे एक पशु-कल्याण-केंद्र (Home for the Animals) चलाती थीं। वे बड़ी परेशान हो गईं तथा भोजन समाप्त किए बिना ही एंबुलेंस भेजने की व्यवस्था करने लगीं। उस समय श्री संजय गांधी ने पूछा कि क्या बात है, तो मेनकाजी ने उनको पूरी घटना बताई। श्री संजय गांधी ने कहा कि तुम नाहक परेशान हो रही हो, अगर वह गाय मर भी गई तो कोई नुकसान होनेवाला नहीं है। कोई कसाई उसको ले जाएगा तथा उसका मांस निकालकर यहाँ पर भेज देगा। यह बात मेनकाजी को चुभ गई और उन्होंने उसी समय संकल्प लिया कि वे आज से किसी भी पशु का मांस नहीं खाएँगी। आज वे पशुओं की सुरक्षा व कल्याण की श्रेष्ठ मार्गदर्शी हैं। वे चमड़े या अन्य पशु-पदार्थों से बनी हुई कोई वस्तु व्यवहार में नहीं लातीं।

□

79

अंडे का नहीं, दूध का दिमाग

यह महात्मा गांधी के जीवनकाल की बात है। कांग्रेस की एक मीटिंग में, सत्याग्रह आंदोलन संबंधी एक महत्त्वपूर्ण प्रस्ताव पर विचार होनेवाला था, किंतु जिस रिपोर्ट या पत्रिका के आधार पर प्रस्ताव लिखा जानेवाला था, वह कागजों और फाइलों के ढेर में नहीं मिला। गांधीजी ने राजेंद्र बाबू से पूछा, "आपने तो रिपोर्ट पढ़ ली थी न, कुछ याद है?" राजेंद्र बाबू ने कहा, "हाँ, मैंने रिपोर्ट पढ़ ली है, उसे लिखवा सकता हूँ।"

सभी नेतागण आश्चर्यचकित थे। इधर-उधर रिपोर्ट खोजी जाने लगी। वे उसे बोलकर लिखवाने लगे। जब लगभग पचास पन्ने राजेंद्र बाबू लिखवा चुके थे, तब तक रिपोर्ट की मूल प्रति भी मिल गई। सभी नेतागण उसे मिलाने लगे। मूल प्रति से प्रत्येक शब्द मिल रहा था।

नेहरूजी ने व्यंग्य में राजेंद्र बाबू से कहा, "राजेंद्र बाबू, कमाल का दिमाग है आपका, यह आपको कहाँ मिला?"

राजेंद्र बाबू ने सभी नेताओं के ठहाकों के बीच कहा, "यह अंडे का नहीं, दूध का दिमाग है।"

□

80

लीवर का मूल्य

एक राजा का स्वास्थ्य ठीक नहीं था। उसने बहुत से वैद्यों से इलाज कराया, पर कुछ फायदा नहीं हुआ। उस राजा का अपने खाने-पीने पर नियंत्रण नहीं था। वह पक्षियों के मांस का बहुत शौकीन था। वैद्य उसको मांसाहार छोड़ने को कहते, लेकिन वह छोड़ता नहीं था।

एक दिन एक सुप्रसिद्ध वैद्य वाराणसी से आए। मंत्री को पता चलने पर वह उनसे मिला। उसने उनको महाराज के स्वास्थ्य के बारे में बताया तथा उनसे महाराज से मिलने आने को कहा। उसने आकर महाराज के शरीर की पूरी जाँच की और कहा कि मैं आपको ठीक कर सकता हूँ। मुझे किसी मनुष्य का लीवर तथा कुछ सामान चाहिए। राजा ने मंत्री को सामान दिलाने को कहा।

मंत्री एक गरीब व्यक्ति के पास गया और उससे कहा कि राजा बहुत बीमार हैं। उनको ठीक करने के लिए तुम अपना दोनों लीवर दे दो। बदले में तुमको एक लाख रुपया दिया जाएगा। उस व्यक्ति ने कहा कि लीवर देने पर मेरी मृत्यु हो जाएगी। अतः मैं नहीं दे सकता हूँ। मंत्री फिर राजसभा के सदस्यों के पास गया, पर वे भी नहीं माने। मंत्री ने राजनिवास के सदस्यों तथा उसकी रानी से भी पूछा, लेकिन कोई भी लीवर देने को राजी नहीं हुआ।

मंत्री ने राजा से कहा कि मैंने लाखों रुपयों में लीवर खरीदने का प्रयत्न किया, लेकिन कोई भी लीवर देने को तैयार नहीं है। वैद्य कह रहा है कि या तो राजा लीवर दें या मांस खाना छोड़ें, नहीं तो राजा को ठीक करना संभव नहीं है। उलटे राजा का स्वास्थ्य और ज्यादा गड़बड़ हो जाएगा। यह सुनकर राजा ने मांसाहार खाना छोड़ दिया और वह कुछ महीनों में ही स्वस्थ हो गया।

□

81

आप कौन सा भोजन करते हैं?

महात्मा आनंद स्वामी सरस्वती उन दिनों लंदन-प्रवास पर थे। उनके प्रवचनों में प्रसिद्ध समाचार पत्र 'डेली टेलीग्राफ' के संपादक भी आते थे। स्वामीजी के स्वास्थ्य से आकृष्ट होकर एक दिन उन्होंने स्वामीजी से पूछा, "आपकी अवस्था कितनी है?"

स्वामीजी ने उलटकर पूछ लिया, "आपके अनुमान से कितनी होनी चाहिए?"

संपादक, "अधिक-से-अधिक पैंसठ वर्ष।"

स्वामीजी ने कहा, "मेरे बड़े लड़के की उम्र इस समय 61 वर्ष है और मेरी 85 वर्ष।"

संपादक, "आश्चर्य, आप भोजन क्या करते हैं, कौन सी ब्रांडी, कौन सा मांस खाते हैं?"

स्वामीजी बोले, "मांस-मदिरा तो मेरे दादा-दादी, माँ-बाप भी नहीं खाते-पीते थे। मैं उससे बहुत दूर हूँ, क्योंकि मेरा पेट कब्रिस्तान नहीं है। हाँ, भोजन में दाल, सब्जी और फल जरूर लेता हूँ।"

□

82

जानवर कभी विश्वासघात नहीं करते

आदिमकाल से ही जानवर मनुष्य के साथी हैं तथा उसको कृषि, यातायात आदि में सहायता देते हैं तथा उसे स्वास्थ्यवर्धक दूध प्रदान करते हैं। लेकिन मनुष्य ने पशुओं के साथ अपनी मित्रता नहीं निभाई।

एक छोटी सी कहानी है। एक बार एक शिकारी एक जंगल में हिरण का शिकार करने गया। उसके पास एक बंदूक थी। बहुत देर तक खोजने पर उसे एक हिरन नजर आया। वह उसके पीछे तेजी से भागा। इतने में उसने क्या देखा कि बाईं तरफ से एक चीता उसी की तरफ दौड़ा आ रहा है। चीते को देखते ही शिकारी के होश उड़ गए और बंदूक उसके हाथ से गिर गई। वह अपनी पूर्ण शक्ति के साथ जान बचाने सामने की तरफ भागा। इतने में एक बहुत बड़ा पेड़ सामने देखा। मरता क्या न करता? शिकारी किसी तरह उछलकर उस पेड़ पर चढ़ गया। वह चीता भी उस आदमी का पीछा करते-करते वहीं पर आ गया और उस पेड़ के नीचे चक्कर लगाने लगा। शिकारी ने पेड़ की डाली बड़े जोर से पकड़ ली। इतने में उसकी नजर पेड़ के ऊपर गई तो उसने देखा कि ऊपर की डाली पर एक भयंकर काला लंगूर बैठा हुआ है। उसे देखते ही वह आदमी परेशान हो गया। पर वह बंदर बोला, "तुम परेशान मत होओ। मैं तुम्हारा कोई नुकसान नहीं करूँगा, वरन् मैं तुम्हारी रक्षा करूँगा।" वह आदमी थोड़ा आश्वस्त हो गया। थोड़ी देर में उसे नींद आने लगी। तब वह चीता लंगूर से बोला, "मैं और तुम तो जंगल के प्राणी हैं, साथ-साथ रहनेवाले हैं। यह आदमी शहर का रहनेवाला है, हमारे यहाँ दखल देने तथा हम जानवरों को मारने यहाँ आया है। अतः तुम इसे नीचे गिरा दो। मैं इसे मारकर अपनी क्षुधा की पूर्ति करूँगा तथा

यहाँ से चला जाऊँगा।" लेकिन लंगूर ने उत्तर दिया, "नहीं, मैं इसे नीचे नहीं गिराऊँगा। मैं शरणागत के साथ विश्वासघात नहीं करूँगा।"

थोड़ी देर में वह आदमी जग गया। तब वह चीता आदमी से बोला, "तुम इस लंगूर की पूँछ पकड़कर इसे नीचे गिरा दो। मैं इसे मारकर खा जाऊँगा तथा तुम्हें छोड़ दूँगा।" आदमी को यह बात जँच गई। उसने उस लंगूर की पूँछ पकड़कर उसे गिराने का प्रयत्न किया। पर वास्तव में बंदर सो नहीं रहा था, जागा हुआ था। तब उस चीते ने उस लंगूर से कहा, "देखा, यह आदमी कितना कमीना है! तुम इसकी रक्षा कर रहे हो, पर यह तुम्हें ही गिराकर मरवाने को तैयार है! अब तुम इसे शीघ्र नीचे गिरा दो।" पर लंगूर बोला, "नहीं, मैं ऐसा नहीं कर सकता। आदमी अपना धर्म छोड़ सकता है, पर मैं अपना धर्म (शरणागत की रक्षा करना) नहीं छोड़ूँगा।"

□

83

सबसे प्यारे प्राण

एक राजा था। उसे मांसाहार, विशेषत: मोर का मांस बहुत प्रिय था। अनेक व्याधियों से ग्रस्त होने पर भी वह मांसाहार छोड़ने को तत्पर नहीं था। उसके वैद्यों ने उसे बहुत समझाया कि आप मांसाहार करना छोड़ दें, नहीं तो आपका स्वास्थ्य और ज्यादा बिगड़ जाएगा। लेकिन राजा नहीं माना।

एक बार उस राजा के पेट में भयंकर दर्द हुआ और वह तड़पने लगा। वैद्यों ने अनेक प्रकार की दवाइयाँ दीं, पर उसके स्वास्थ्य में सुधार नहीं हुआ। उसी समय उसकी राजधानी में एक सुप्रसिद्ध वैद्य का आगमन हुआ। मंत्रियों ने उसे राजमहल में आमंत्रण दिया तथा राजा का इलाज करने को कहा। उस वैद्य ने राजा का निरीक्षण करके कहा, "मैं इनको ठीक कर सकता हूँ। आप किसी पुरुष या स्त्री के कलेजे का एक औंस मांस लेकर आएँ। मैं एक दवा बनाकर दूँगा, राजा निश्चित रूप से ठीक हो जाएगा।" राजा ने प्रधानमंत्री से कहा कि आप शीघ्र किसी भी पुरुष के कलेजे एक औंस मांस मँगाएँ तथा बदले में उसे मुँहमाँगा इनाम दें।

मंत्री ने अनेक व्यक्तियों से पूछा कि आप अपने कलेजे का एक औंस मांस देकर राजा को ठीक कर दें, लेकिन कोई भी तैयार नहीं हुआ। उसने धन, जमीन-जायदाद आदि अनेक प्रकार से प्रलोभन भी दिए, लेकिन कोई गरीब व्यक्ति भी अपने कलेजे का मांस देने नहीं आया। मंत्री ने राजा की महारानी से पूछा कि आप राजा की प्राण-रक्षा के लिए यह त्याग कर दें, पर महारानी नहीं मानी। तब मंत्री ने आकर राजा को बताया कि महाराज, कोई भी व्यक्ति अपने कलेजे का मांस किसी भी कीमत पर देने को तैयार नहीं है।

राजा ने तब चिंतन किया कि प्रत्येक मनुष्य, छोटा या बड़ा, गरीब या अमीर, उसे अपने प्राण अत्यधिक प्यारे हैं। चाहे कैसा भी कष्ट हो, वह अपने प्राण गँवाना नहीं चाहता। अत: उसका प्राण हरण करना उचित नहीं है। उसने उसी समय संकल्प लिया कि मैं आज से किसी भी प्राणी का मांस नहीं खाऊँगा।

इसके बाद धीरे-धीरे राजा का स्वास्थ्य सुधरने लगा और वह पूर्ण स्वस्थ हो गया।

□

84

शीलवान

स्वामी विवेकानंद एक बार अमेरिका में धर्म-प्रचार के लिए गए थे। वहाँ रहनेवाली एक महिला उनके भव्य शरीर पर आसक्त हो गई। उसने एकांत में उनसे कहा, "मैं आपसे शादी करना चाहती हूँ। मैं चाहती हूँ कि मुझे आप जैसा एक तेजस्वी पुत्र उत्पन्न हो।"

स्वामीजी ने तत्काल उत्तर दिया, "माँ। तुम आज से मुझे अपना पुत्र ही समझो।" महिला उनकी महानता और सुशीलता को प्रणाम करके चली गई। □

85

देश जोड़ना है तो आदमी को जोड़ो

संत विनोबा भावे के पास एक दिन एक छात्र आया और प्रणाम करके उनके निकट बैठ गया। उसे देखकर विनोबाजी ने एक कागज के कई टुकड़े उसकी ओर बढ़ा दिए और कहा, "इन्हें जोड़कर भारत का नक्शा बनाओ।" वह छात्र उन टुकड़ों को बहुत देर तक जोड़ता रहा, लेकिन भारत का सही नक्शा नहीं बना सका। वहीं विनोबाजी के साथ रहनेवाला युवक यह कार्यवाही देख रहा था। उस छात्र को निराश व उदास देखकर वह बोला, "बाबा आप कहें तो मैं इस भारत के नक्शे को बनाऊँ।"

विनोबाजी ने कहा, "हाँ, बनाओ, तुम भी कोशिश करो।" अनुमति मिलते ही उसने सारे टुकड़ों को जोड़कर भारत का नक्शा बना दिया। नक्शे को देखकर विनाबाजी ने पूछा, "तुमने इतनी शीघ्रता से यह काम कैसे कर दिया?" युवक बोला, "बाबा, इन टुकड़ों के पीछे जहाँ एक ओर भारत का नक्शा है, वहीं पीछे एक आदमी का चित्र बना हुआ है। मैंने उस आदमी का चित्र जोड़ दिया और नक्शा अपने आप बन गया।"

विनोबाजी ने उस छात्र से कहा, "जीवन में यह बात गाँठ बाँध लो कि यदि हमें इस विशाल देश को जोड़ना है, तो सबसे पहले यहाँ रहनेवाले आदमियों को जोड़ना होगा। आदमी यदि जुड़ गया, तो देश भी जुड़कर महान् हो जाएगा।"

□

86

असली काफिर

काकोरी कांड में चंद्रशेखर आजाद को छोड़कर अधिकतर क्रांतिकारी गिरफ्तार हो चुके थे। उनमें रामप्रसाद 'बिस्मिल' तथा अशफाक उल्ला खाँ भी थे। मुकदमे के दौरान अशफाक को तोड़ने के उद्‌देश्य से अंग्रेज सरकार ने एक मुसलिम अधिकारी को जेल भेजा। उसने अशफाक उल्ला से कहा—

"अशफाक, तुम तो खुदा के बंदे हो। इसलाम तुम्हारा दीन है। तुम्हारा अजीज दोस्त रामप्रसाद तो हिंदू, काफिर है। काफिर का साथ देना क्या एक मुसलमान के लिए वाजिब है?" अशफाक उसका प्रलाप सुनते रहे। "काफिर का साथ देना इसलाम की उदूली है। अंग्रेज चले गए तो हिंदुस्तान पर इन काफिरों का ही राज होगा। क्या तुम ऐसे राज में रहना पसंद करोगे?" अधिकारी बोलता चला गया। अब अशफाक से न रहा गया। "मैं और रामप्रसाद एक ही मिट्टी में पैदा हुए हैं—हिंदुस्तानी की मिट्टी में। हमारी माँ एक है। हम सगे भाई हैं। हमारा एक ही मजहब है, वतनपरस्ती। मैं अंग्रेजों का साथ देकर भारत माँ की कोख को शर्मिंदा नहीं करना चाहता।… हरगिज नहीं करूँगा।"

अधिकारी की मुट्ठियाँ भिंच गईं। चेहरा तमतमा गया। तभी आग में घी डाला अशफाक ने, "काफिर तो तुम हो, जो इस मिट्टी मैं पैदा होकर अंग्रेजों की गुलामी करते हो।"

□

87

बुढ़िया की शिक्षा

मगध पर पहला आक्रमण करने के बाद आचार्य चाणक्य और उनके शिष्य चंद्रगुप्त की हार हुई। उन्हें प्राणरक्षा में वेश बदलकर छिपना पड़ा। एक रात चाणक्य और चंद्रगुप्त वेश बदलकर अतिथि रूप में एक गृहस्थ के घर छिपे हुए थे। उन्हें यही चिंता खाए जा रही थी कि उनकी पराजय हुई कैसे?

गृहस्वामिनी रोटी बनाने में लगी थी। उसका पुत्र भोजन करने बैठा था। माँ ने बेटे की थाली में गरम रोटी रखी। ज्यों ही पुत्र ने रोटी तोड़ी, उसकी उँगली जल गई। वह माँ से बोला, "मैं नहीं खाता रोटी, मेरी उँगली जल गई।" माँ की दृष्टि रोटी पर पड़ी। देखा कि बेटे ने रोटी को बीच से तोड़ा है। वह हँसने लगी।

उसने कहा, "तू भी चंद्रगुप्त की तरह मूर्ख है।" अपने विषय में चर्चा सुन चंद्रगुप्त और चाणक्य चौंके। वे गृहस्वामिनी की बातें ध्यान देकर सुनने लगे।

गृहस्वामिनी कह रही थी, "चंद्रगुप्त को युद्ध करना नहीं आता, तुम्हें रोटी खानी नहीं आती। यदि वह पंजाब के उन सीमांत क्षेत्रों पर पहले आक्रमण करता, जहाँ आज यूनानियों का आधिपत्य है, तो वहाँ की प्रजा भी उसके साथ होती, वह आसानी से विजयी होता और तब वह मगध की ओर बढ़ता तो वह सफल हो जाता। इसी प्रकार यदि तू किनारे से रोटी खाना आंरभ करता, बाद में बीच के हिस्से पर आता तो तेरी उँगली नहीं जलती।" माँ के बताए उपाय से पुत्र ने रोटी खाना सीखा और चंद्रगुप्त मौर्य ने अपनी पराजय का कारण जाना। दूसरे युद्ध में उसने विजय प्राप्त की और भारत का सम्राट् बन गया।

□

88

पेड़ की गवाही

दो व्यक्तियों ने एक वृक्ष के नीचे एक हजार स्वर्ण मुद्राएँ गाड़ दीं। उनमें से एक ने अकेले ही जाकर वहाँ से सारी मुद्राएँ निकाल लीं। दूसरा व्यक्ति जब अपने हिस्से की पाँच सौ मुद्राएँ उससे माँगने गया तो उसने देने से इनकार कर दिया। दोनों जज के सामने पहुँचे। जज से पहले व्यक्ति ने कहा कि मैं इसके साथ कभी रहा ही नहीं। मैं किसी पेड़ को नहीं जानता, जहाँ स्वर्ण मुद्राएँ गाड़ने की बात यह कह रहा है। इसने मुझ पर जो चोरी का आरोप लगाया है, वह निराधार है। दूसरे ने भी अपनी बात कह दी। जज ने दोनों की बातें सुनने के बाद दूसरे व्यक्ति से कहा कि जिस पेड़ के नीचे स्वर्ण मुद्राएँ गाड़ी गई थीं, वह स्वयं गवाही दे देगा। तुम जाकर उससे पूछ आओ कि वे स्वर्ण मुद्राएँ किसने ली हैं? दूसरा चला गया, पहला वहीं बैठा रहा। थोड़ी देर बाद जज ने कहा, "अब तो वह लौट रहा होगा।"

इस पर पहला व्यक्ति बोल उठा, "नहीं, अब तक वह आधा रास्ता ही पार कर पाया होगा, क्योंकि पेड़ बहुत दूर है।" सच्चाई प्रकट हो गई। जज ने कहा कि "तू उस पेड़ को जानता है, अतः चोरी तूने ही की है। दूसरे व्यक्ति को उसे पाँच सौ मुद्राएँ तो देनी ही पड़ीं, साथ ही सौ मुद्राओं का दंड भी देना पड़ा।"

□

89

उलझन को कैसे सुलझाएँ?

जीवन में अनेक उलझनें आती हैं, उनकी गहराई तक जाना बड़ा कठिन होता है। बाहर से उनका कुछ अर्थ निकलता है और भीतर जाएँ तो अर्थ बदल जाता है।

जोधपुर नरेश को एक बार धन की आवश्यकता हुई। खजाने में रखा पूर्वजों का एक लेख मिला। उसमें लिखा था—'जब कभी धन की जरूरत पड़े तो मकराना और खाटू के बीच में धन गड़ा है, उसे निकाल लेना।' पत्र पढ़कर राजा को प्रसन्नता हुई, किंतु साथ-ही-साथ समस्या भी प्रस्तुत हो गई। मकराना और खाटू के बीच लगभग तीस किलोमीटर की दूरी है। कहाँ-कहाँ खुदाई करें? अंततः प्रधान दीवान को बुलाया। उसके सामने समस्या रखी, खजाने का पता तो चल गया, किंतु अब वह मिले कैसे? दीवान ने आलेख देखा, सोचा—लिखनेवाला राजा बुद्धिमान है, पर क्या वह तीस किलोमीटर की एरिया को खोदने की बात लिखेगा? कोई-न-कोई रहस्य है। दीवान ने राजा से पूरा महल देखने की इच्छा व्यक्त की। राजा ने आज्ञा दे दी। दीवान ने पूरे महल को देखा और फिर राजसभा को देखा। महाराजा के सिंहासन को दीवान ने बड़ी सूक्ष्म दृष्टि से देखा। देखते ही बात समझ में आ गई। सिंहासन के एक ओर मकराने का संगमरमर लगा हुआ था, दूसरी ओर खाटू का पत्थर। उसने कहा, "महाराज! सिंहासन को हटाकर इन पत्थरों के बीच खुदाई कराएँ।" खुदाई हुई और विशाल खजाना हाथ में आ गया।

□

90

हर अच्छे काम में सहायक बनें

लंका तक पहुँचने के लिए भगवान् राम सागर पर पुल बँधवा रहे थे। भालू-बंदर बड़े-बड़े पत्थर उठाकर समुद्र में डाल रहे थे। तभी भगवान् की दृष्टि एक छोटी सी गिलहरी पर पड़ी। वह बालू पर लोटती, जिससे उसके शरीर पर बालू के कुछ कण चिपक जाते थे। फिर वह उन चिपके हुए कणों को समुद्र में गिरा देती थी। वह लगातार इस काम को किए जा रही थी। भगवान् उसके पास गए, प्यार से उसे हाथों में उठा लिया, फिर बोले, "यह तुम क्या कर रही हो?"

गिलहरी बोली, "बंदर-भालू तो बड़े-बड़े पत्थरों से पुल बाँध रहे हैं। मैं छोटी सी गिलहरी ऐसा तो नहीं कर सकती। हाँ, जितना बन पड़ रहा है मुझसे, उतना कर रही हूँ। आप एक अच्छे काम के लिए निकले हैं। अच्छे काम में सहायता करनी ही चाहिए।"

भगवान् राम गिलहरी की बातों से बहुत प्रसन्न हुए। प्यार से उसके शरीर पर हाथ फेरा। कहा जाता है कि गिलहरी के शरीर पर जो धारियाँ दिखाई पड़ती हैं, वे भगवान् राम की उँगलियों के निशान हैं।

ऐसा कभी मत सोचना कि तुम छोटे हो, इसलिए कुछ नहीं कर सकते। किसी भी अच्छे काम के लिए जितना और जैसा भी तुम कर सकते हो, वह तुम्हें अवश्य करना चाहिए। हाँ, जो कुछ करो, मन लगाकर करो, हिम्मत से करो। □

91

शास्त्रीजी की महानता

देश के द्वितीय प्रधानमंत्री लाल बहादुर शास्त्री सादगी व महानता की प्रतिमूर्ति थे। उनके जीवन के अनेक प्रसंग प्रेरणादायक हैं। एक दिन वे एक कपड़े की मिल देखने के लिए गए। उनके साथ मिल का मालिक, उच्च अधिकारी व अन्य लोग भी थे।

मिल देखने के बाद जब शास्त्रीजी मिल के गोदाम में पहुँचे तो उन्होंने साड़ियाँ दिखाने को कहा। मिल मालिक व अधिकारियों ने एक-से-एक खूबसूरत साड़ियाँ उनके सामने फैला दीं। शास्त्रीजी ने साड़ियाँ देखकर कहा, "साड़ियाँ तो बहुत अच्छी हैं। क्या मूल्य है इनका ?"

"जी, यह साड़ी आठ सौ रुपए की है और यह वाली साड़ी एक हजार रुपए की है।" मिल मालिक ने बताया।

"ये तो बहुत अधिक दाम की हैं। मुझे कम मूल्य की साड़ियाँ दिखाएँ।" शास्त्रीजी ने कहा। यहाँ स्मरणीय है कि यह घटना 1965 की है, तब एक हजार रुपए की कीमत सचमुच बहुत अधिक थी।

"जी ये देखिए, यह साड़ी पाँच सौ रुपए की है और यह चार सौ रुपए की।" मिल मालिक ने दूसरी साड़ियाँ दिखाते हुए कहा।

"अरे भाई! ये भी बहुत कीमती हैं। मुझे कम मूल्य की साड़ियाँ दिखाएँ, जिन्हें मैं खरीद सकूँ।" शास्त्रीजी बोले।

"वाह सरकार, आप तो हमारे प्रधानमंत्री हैं, हम आपको ये साड़ियाँ भेंट कर रहे हैं।" मिल मालिक कहने लगा।

"नहीं भाई! मैं भेंट नहीं लूँगा।" शास्त्रीजी स्पष्ट बोले।

"क्यों साहब ? हमें यह अधिकार है कि हम अपने प्रधानमंत्री को भेंट दें।" मिल मालिक अधिकार जताता हुआ कहने लगा।

"हाँ, मैं प्रधानमंत्री हूँ।" शास्त्रीजी ने बड़ी शांति से जवाब दिया, "पर इसका यह अर्थ तो नहीं है कि जो चीज मैं खरीद नहीं सकता, वह भेंट में लेकर अपनी पत्नी को पहनाऊँ! आप मुझे सस्ते दाम की साड़ियाँ ही दिखाइए। मैं तो सस्ते दाम की साड़ियाँ ही खरीदना चाहता हूँ।"

मिल मालिक की अनुनय-विनय बेकार गई। देश के प्रधानमंत्री ने कम मूल्य की साड़ियाँ ही दाम देकर खरीदीं। ऐसे महान् थे शास्त्रीजी, जिन्हें लालच छू तक नहीं सका था।

□

92

नरक गति का बंध

राजा श्रेणिक प्रतिष्ठित राजा थे, लेकिन पूर्व कर्मों के कारण उनको नरक गति का बंध हो गया। वे भगवान् महावीर के पास आए और उनसे कहा कि मैं आपका सबसे बड़ा भक्त हूँ, मुझे आप नरक गति के बंध से हटाएँ। महावीर ने कहा, ''यह संभव नहीं है, जो कर्म किए हैं, उनको तो भुगतना ही पड़ेगा।'' उसने फिर पूछा, ''आप कोई तो रास्ता बताइए।'' महावीर ने कहा कि ये तीन रास्ते हैं, तुम प्रयत्न करो—

1. कपिला दासी कभी दान नहीं देती। अगर वह दान दे दे तो तुम्हारा बंध हट सकता है।
2. कालू कसाई रोज 500 भैंसों का वध करता है। वह नहीं करे तो बंध हट सकता है।
3. पूनिया श्रावक शुद्ध सामायिक करता है। अगर तुम उससे सामायिक ले लो तो तुम्हारा बंध टल सकता है।

श्रेणिक ने तीनों को बुलाया। कपिला दासी को भिक्षा देने का आदेश दिया, पर उसके मन का भाव अशुद्ध था। उसने भिक्षा देते हुए कहा, ''मेरी कड़छी, चम्मच, चाकू दान दे रहे हैं। मैं नहीं दे रही हूँ।'' उसका दान सफल नहीं हुआ।

फिर उसने कालू कसाई को जेल में डाल दिया और कहा कि तुम भैंसों को नहीं मारना। लेकिन उसने गीली मिट्टी से भैंसें बनाए और मारे। शरीर से हिंसा नहीं की, पर भाव से की।

फिर श्रेणिक पूनिया श्रावक के पास गया और उससे कहा, ''तुम अपनी

सामायिक दे दो, तुम जो भी मूल्य माँगोगे, मैं दे दूँगा।'' उसने कहा, ''सामायिक मन की समता है। उसे मैं कैसे दे सकता हूँ?''

इस प्रकार श्रेणिक का नरक गति का बंध स्थित रहा। किए हुए कर्म भुगतने ही पड़ते हैं।

□

93

लक्ष्मीजी की कहानी

एक बोध कथा में संस्कारित जीवन पर सुंदर प्रकाश डाला गया है। प्राचीनकाल में एक सुसंस्कारी महाजन था। उसका व्यापार भी बहुत समृद्ध था। उसके पास एक बहुमूल्य रत्न था। दीपावली के समय उसने अपने घर को सजाया तथा रत्न को प्रकाशित किया। उसका घर दिव्य प्रकाश से भर गया। कहते हैं कि लक्ष्मी उसके घर पर आई और बोली, "मैं तुम्हारे यहाँ आकर रहना चाहती हूँ।" महाजन ने कहा, "महादेवीजी, आप अवश्य पधारें, लेकिन हमारी तीन शर्तें हैं।" लक्ष्मीजी को बड़ा आश्चर्य हुआ कि मेरे आने पर भी शर्तें रखी जा रही हैं। फिर भी उन्होंने पूछा, "बताओ, तुम्हारी क्या शर्तें हैं?" महाजन ने उत्तर दिया, "मेरी पहली शर्त है कि मैंने सुना है कि आप जहाँ भी जाती हैं, कलह के कुसंस्कार उत्पन्न कर देती हैं। मेरे परिवार में कोई कलह या झगड़ा नहीं हो। मेरी दूसरी शर्त है कि आप आकर वापस नहीं जाएँ। तीसरा, मैंने सुना है कि आपकी और सरस्वती की नहीं पटती, अतः आप हमारी सद्बुद्धि बढ़ाते रहें। महादेवी! आप इन तीन शर्तें को मानती हैं तो आपका मेरे घर में स्वागत है।"

लक्ष्मीजी ने उत्तर दिया, "महाजन, मैं आपके घर में आ सकती हूँ, लेकिन मेरी भी तीन शर्तें हैं। प्रथम—जिस घर में मेरा निवास हो, वहाँ कोई कुव्यसनी नहीं हो। अगर कोई व्यक्ति शराब, मांस या जुए का सेवन करेगा तो मैं तुरंत रूठकर चली जाऊँगी। द्वितीय—उस घर में कभी नारी का अपमान नहीं हो और तृतीय—उस घर में कोई भी छोटा-बड़ा किसी को कोई कटु वचन, मर्मभेदी वचन नहीं कहे। अगर तुम इस तीन कुसंस्कारों से विरत रहो तो मैं तुम्हारे यहाँ आकर स्थायी निवास कर सकती हूँ।"

कहने का तात्पर्य यह है कि लक्ष्मीजी भी स्थायी रूप में वहीं आकर रहती हैं, जो घर सुसंस्कारी है। उसी घर में वैभव व सुख का स्थायी निवास होता है। आज के युग में भी अच्छे संस्कारों के द्वारा ही हम अपने पारिवारिक व सामाजिक जीवन को सुखी बना सकते हैं तथा राष्ट्र को वैभव के शिखर पर पहुँचा सकते हैं।

□

94

उपकारी को नहीं भूलें

एक था गरीब आदमी। पढ़ा-लिखा, समझदार एवं ईमानदार था। एक सेठ के पास पहुँचा और नौकरी के लिए याचना की। सेठ ने उसे एक छोटी नौकरी दे दी। गुण तो उसमें थे ही। जल्दी ही उसने तरक्की की और सेठ का मुनीम बन गया।

एक दिन सेठ ने देखा कि दोपहर की छुट्टी में मुनीम ने अपने कमरे का दरवाजा बंद कर लिया। सेठ को कुछ संदेह हुआ। अब वह रोज ही मुनीम पर निगाह रखता। हर रोज मुनीम दोपहर के समय अपने कमरे का दरवाजा बंद कर लेता। अब तो सेठ का संदेह पक्का हो गया। वह सोचने लगा—'हो-न-हो, यह रुपए चुराता होगा और कमरा बंद करके कहीं छिपाकर रख लेता होगा।'

एक दिन जैसे ही मुनीम ने कमरा बंद किया, सेठ वहाँ पहुँच गया और बोला, "खोल दरवाजा।"

मुनीम ने दरवाजा खोल दिया और हाथ जोड़कर खड़ा हो गया। सेठ की दृष्टि एक पुराने बक्से पर पड़ी, जिस में ताला लगा हुआ था। वह डाँटते हुए बोला, "खोल, यह बक्सा।" मुनीम ने बहुत विनय से कहा, "सेठजी, इस बक्से में कोई खास चीज नहीं है, इसे मत खुलवाइए।" अब तो सेठ का संदेह और भी पक्का हो गया। वह चिल्लाकर बोला, "खोल जल्दी, लेकिन उसमें मिला मैला-कुचैला कुरता और एक जोड़ी पुरानी चप्पल।"

मुनीम ने हाथ जोड़कर कहा, "सेठजी, ये वही कपड़े हैं, जिन्हें पहनकर मैं पहली बार आपके पास आया था। रोज दरवाजा बंद करके इन कपड़ों को देख लेता हूँ। आज तो आपकी कृपा से अच्छा खाता-पहनता हूँ, लेकिन इन्हें रोज

इसलिए देखता हूँ, ताकि भूल न जाऊ अपने पुराने दिनों को और आपकी कृपा हमेशा याद आती रहे।" सेठ मन-ही-मन शर्मिंदा हो गया।

हमेशा सोचना चाहिए—किस-किस ने हमारी सहायता की, हमारी जरूरतें पूरी कीं, हमें ढाढ़स बँधाया, हमारे आँसू पोंछे, हमें सहारा दिया। हमेशा उनके प्रति कृतज्ञ रहना चाहिए।

□

95

धन का लोभ

प्राचीन काल में दो भाई कमाई को निकले। मार्ग में उनको एक साधु मिला। उसने पूछा—तुम लोग कहाँ जा रहे हो। उन्होंने कहा—हम कमाने के लिए जा रहे हैं। साधु ने उनको चेतावनी दी—यह मार्ग ठीक नहीं है, यहाँ एक पिशाच रहता है। वह तुमको कष्ट दे सकता है। उन भाइयों ने उसकी बात नहीं मानी। आगे वे एक वृक्ष के नीचे आराम कर रहे थे। उनको एक स्वर्णमुद्राओं की थैली मिली। वे बड़े खुश हो गए। उनमें से बड़ा भाई पड़ोस के गाँव में कुछ भोजन-सामग्री लाने गया। उसने सोचा, मैं स्वयं भोजन करके भाई के भोजन में जहर मिला दूँगा तो सारी स्वर्ण मुद्राएँ मुझे मिल जाएँगी, मैं माला-माल हो जाऊँगा। उसने भोजन करके बचे भोजन में जहर मिला दिया। उसी समय दूसरे भाई ने सोचा, जब बड़ा भाई भोजन लेकर आएगा, तब मुझे तलवार से वार कर उसका वध कर देना चाहिए, सारी स्वर्ण मुद्राएँ मुझे मिल जाएँगी। थोड़ी देर में बड़ा भाई आया। छोटे भाई ने तलवार चलाकर उसका वध कर दिया। लेकिन जैसे ही उसने भोजन किया, भोजन में जहर होने से वह भी मर गया। धन के अत्यधिक लोभ से दोनों भाई मृत्यु को प्राप्त हुए।

□

96

पापी कौन?

एक सेठ ग्वालिन से घी लेता है। ग्वालिन तो यह घी सेर भर कहती थी, पर यह तो पौना सेर ही निकला। गाँव में भी लोग 420 हो गए हैं। अब तक तो यह बीमारी शहरों तक ही सीमित थी, पर अब गाँवों में भी फैल गई है। सेठ कहता है—आने दो कल उसे, घी कम क्यों दे गई?

दूसरे दिन ग्वालिन बाजार में आई तो सेठ ने उससे कहा, ''तू तो कहती थी कि घी सेर भर है पर वह तो पौना सेर ही निकला। क्या तू भी ऐसा पाप करने लग गई है।'' ग्वालिन बोली, ''सेठ यह तो मैं नहीं जानती कि घी कितना था, पर मैं यह जानती हूँ कि तुमने मुझे जो शक्कर की पुड़िया दी थी, वह यह कहकर दी थी कि यह एक सेर की है—उसी से तुमने मेरा घी भी तोल लिया था। अगर तुम्हारी शक्कर भी पौना सेर रही होगी तो घी सेर भर कहाँ से हो जाएगा? पाप तुम कर रहे हो या मैं?''

□

97

परोपकार

महाराणा रणजीत सिंह के जीवन का प्रसंग है। महाराजा रणजीत सिंह की सवारी नगर की गलियों से निकल रही थी। इतने में अचानक एक पत्थर ने महाराजा को जख्मी बनाया। सारे सेवक दौड़े उस व्यक्ति को पकड़ने, जिसने महाराजा को जख्मी बनाया। थोड़ी ही दूर पर एक पेड़ के नीचे कुछ बच्चे सहमे हुए खड़े थे। सिपाहियों ने पूछा, "बच्चो! सच-सच बताओ, किसने पत्थर महाराजा को मारा है।" सारे बच्चे एक मासूम बच्चे की ओर इशारा करते हुए बोले, "इस मोहन ने पत्थर मारा है।" तुरंत ही सिपाहियों ने मोहन को महाराजा के सामने खड़ा कर दिया।

महाराजा ने पूछा, "कहो मोहन! मैंने तेरा क्या बिगाड़ा, जो तूने पत्थर मारा है?" वह रोते-रोते बोला, "राजन्! मैंने आपको पत्थर नहीं मारा था, मैंने तो बेर के पेड़ को पत्थर मारा था।" यह सुनते ही महाराजा क्रोध में आ गए और सिपाहियों से बोले कि कल इस बच्चे को मेरी राजसभा में उपस्थित करना।

राजसभा में जब मोहन को लाया गया, तब महाराजा ने पूछा, "बालक! हम पर तुमने पत्थर क्यों मारा था? क्या हम तुम्हारी बेर का पेड़ थे?" झिझकते हुए मोहन ने कहा, "राजन्! बेर के पेड़ को तो सभी बच्चों ने ही पत्थर मारे थे परंतु मेरा ही निशाना ऐसा चूका कि यह पत्थर आपको लग गया। यदि बेर के पेड़ को पत्थर लगता तो मैं बेर खाता, पर आपको पत्थर लगा है तो मैं मारा जाऊँगा।"

यह स्पष्ट सत्य सुनते ही महाराजा एक क्षण के लिए सोच में पड़ गए। फिर बड़ी प्रसन्नता से सेवकों को आदेश देते हुए कहा कि जल्दी से एक थाल

हीरों का, एक थाल मिठाइयों का एवं एक थाल फलों का लेकर आओ और इस बालक को दे दो। आज इस बालक ने मेरे जीवन के द्वार खोल दिए हैं।"

सारी राजसभा महाराजा के इस फैसले से अवाक् रह गई। तब महाराजा ने अपनी बात कही कि इस बच्चे ने आज मुझे बहुत अच्छा सबक सिखाया है। पेड़ कितने महान् होते हैं, जो पत्थर की चोट सहकर भी लोगों को मीठे फल देते हैं! पर मैं कैसा आदमी हूँ कि चोट खाकर सजा देने को तैयार हो गया! मुझसे तो यह पेड़ ही अच्छा है, जो दंडित होकर भी कुछ देता है। मुझे भी पेड़ की तरह परोपकारी बनना चाहिए। यही सोचकर मैंने बालक को यह पुरस्कार देना चाहा है।

यह कहानी हमें प्रेरणा देती है कि जीवन की सार्थकता परोपकार में है। परोपकार की उस सीमा तक हमें पहुँचना होगा, जहाँ कोई चाहे हम से प्रतिशोध ले, चाहे अपमान करे या हमारी निंदा करे, फिर भी उनके प्रति सदा परोपकार की भावना रखनी चाहिए।

□

98

सोने का पहाड़

एक राजा के पास अपार संपत्ति थी। विपुल धन-वैभव का स्वामी होते हुए भी उसके हृदय में तृष्णा की अग्नि जल रही थी। उसकी प्रबल इच्छा थी कि मैं खूब सोना इकट्ठा कर लूँ। कहते हैं, उसने एक पहाड़ जितना सोना इकट्ठा कर लिया था। फिर भी उसकी इच्छा अधूरी थी। वह तो अपने राज्य में ऐसे अनेकों सोने के पहाड़ देखना चाहता था। उसकी एकमात्र आकांक्षा थी कि आज तक किसी ने उतना सोना इकट्ठा नहीं किया होगा, जितना कि मैं करूँगा। अपनी इस आकांक्षा की पूर्ति के लिए उसने प्रजा पर टैक्स बढ़ा दिए। रात-दिन वह इसी उधेड़-बुन में लगा रहता था।

एक दिन उसने विचार किया कि मैं प्रजा से आखिर कितना सोना इकट्ठा कर सकता हूँ? इसके लिए मुझे इष्ट देवता को ही प्रसन्न करना चाहिए। एक दिन राजा सूर्योदय के समय नगर के बाहर जो मंदिर था, वहा पहुँचकर अपने इष्ट देवता की उपासना में तल्लीन हो गया। उसकी लगन से देव बड़ा प्रसन्न हुआ और बोला, "भक्त! क्या चाहते हो?" राजा ने कहा, "देव! मुझे सोना चाहिए। अत: ऐसा वरदान दीजिए कि मैं जिसको भी स्पर्श करूँ, वह सोना बन जाए।" देव ने कहा, "भक्त! मैं तुम्हें इस वरदान के लिए अच्छी तरह से सोच-विचार करने के लिए थोड़ा समय दे देता हूँ।" राजा ने कहा, "देव! मैंने जिंदगी के इतने वर्ष इसी चिंता में निकाले हैं। अत: आप निश्चिंत होकर मुझ पर कृपा करें।" देव ने कहा, "तथास्तु।" राजा देव के चरणों में अहोभाव से झुका, इतने में देव अंतर्धान हो गया।

ऐसा अपूर्व वरदान पाकर राजा के आनंद की कोई सीमा नहीं थी। उसे बड़ा

अभिमान होने लगा कि इस पृथ्वी पर आज तक कोई भी ऐसा राजा नहीं हुआ, जिसे यह वरदान प्राप्त हुआ हो!

इस प्रकार विचार करते हुए राजा अपने बगीचे में पहुँचा तो सोचने लगा कि ये सारे पेड़ सोने के हो जाएँ तो इस संसार का यह अद्वितीय उद्यान होगा। उसने हर पेड़ का स्पर्श किया और देखते-देखते सारा बगीचा सोने का हो गया।

आज तो राजा की खुशी का पार नहीं था। वह जब महल में पहुँचा और जिस-जिस वस्तु का उसने स्पर्श किया, सबकुछ स्वर्णमय बन गया। भोजन करते हुए जैसे ही उसने मिठाई को स्पर्श किया, वैसे ही वह सोना बन गई। एक क्षण के लिए तो मस्तिष्क में बिजली सी कौंध गई कि यह तो बहुत मुश्किल है। किंतु भीतर का लालच बोल उठा कि भोजन कोई बड़ी बात नहीं है, बड़ी बात तो है सोने की प्राप्ति!

इस प्रकार राजा अपने मन को मनाने लगा, परंतु भूख-प्यास कहाँ पीछा छोड़ेगी? प्यास लगी, पानी का गिलास हाथ में लिया तो पानी सोना बन गया। अब उसका माथा ठनका कि जब भूख और प्यास लगी हो तो सोना क्या करेगा, तब तो रोटी और पानी ही चाहिए। अब उसके चेहरे पर उदासी झलकने लगी और वह चिंतित होकर सिंहासन पर बैठ गया।

इतने में उसकी दस वर्षीया पुत्री दौड़ती हुई आई और कहने लगी, "पिताजी! आप यहाँ क्या कर रहे हैं? बगीचे में चलकर देखिए, वह पूरा वीरान हो गया है। बगीचे का एक भी फल खाने लायक नहीं रहा। सभी फल पीले-पीले और कठोर हो गए हैं। किसी भी फूल में सुगंध नहीं आ रही है। आज तो बगीचे में न भँवरे दिखाई दे रहे हैं और न ही पंछी। सारे बगीचे की रौनक समाप्त हो गई है।"

पिताजी ने कहा, "बेटी! तू अभी छोटी है, इसलिए कुछ नहीं जानती। यह तो हमारा सौभाग्य है कि बगीचा सोने का हो गया है, हमें पंछी से क्या लेना-देना, हमें तो सोना चाहिए।" बेटी ने पूछा, "पिताजी! यह सोना क्या होता है? क्या यह खाने-पीने में काम आता है या यह पहनने में काम आता है?"

बेटी की ऐसी बातें सुनकर राजा को हँसी आ गई। खुश होकर जैसे ही उसने अपना हाथ बेटी के मस्तक पर रखा, बेटी भी सोने की प्रतिमा बन गई।

यह देखकर राजा स्तब्ध हो गया। वह रोने लग गया, "हाय! मेरी प्यारी बेटी निर्जीव हो गई! मैं कितना मूर्ख और लालची हूँ, सोने के पहाड़ों की लालच में मैंने अपनी बेटी को गँवाया। मेरा खाना-पीना मुश्किल हो गया।"

"हे भगवान! तुम्हारा यह वरदान मेरे जीवन का अभिशाप बन गया। मैं लोभ में अंधा था, हे देव! मुझे क्षमा कर दें, अपना वरदान वापस ले लें, मुझे बेटी चाहिए। मुझे भोजन और पानी चाहिए।" राजा बच्चों की तरह फूट-फूटकर रोने लगा।

रोते-रोते जब वह थक गया तो आराम करने के लिए पलंग पर गया तो पलंग सोने का हो गया। बिस्तर का स्पर्श भी कठोर हो गया, सारी रात नींद नहीं आई। वह सिर्फ अपने इष्ट देवता को याद करता रहा। सुबह सूर्योदय के साथ ही देव ने दर्शन दिए और कहा, "राजन्! मैंने तो तुम्हें पहले ही कहा था, सोच-विचारकर माँगना परंतु तुम नहीं माने। अब मैं तुम्हारी परेशानी देखकर अपना वरदान वापस लेता हूँ। किंतु भविष्य में ऐसी गलती दोबारा मत करना।'' उस दिन से राजा का मन संतुष्ट हो गया और वह चैन की नींद सोने लगा।

□

99

अभी तो पैसा इकट्ठा करो

एक गरीब ब्राह्मण था। खाने-पीने का भी ठिकाना नहीं था। न पहनने को वस्त्र ही थे। 'हे दरिद्रता! तुझे तो नमस्कार है। तूने तो मेरी दशा सिद्ध जैसी कर दी है? सिद्ध भगवान् सब को देखते हैं, पर उन्हें कोई नहीं देखता। वैसे ही मैं भी सबको देख रहा हूँ, पर मुझे कोई नहीं देखता। घर में दो लड़के, दो लड़कियाँ, एक औरत और एक मैं हूँ। गुजारा कैसे होगा?' वह आत्मघात करने का विचार करता है।

ब्राह्मण के पास कुछ नहीं है, वह मरने के लिए एक पहाड़ पर पहुँच जाता है। जैसे ही वह नीचे गिरने का प्रयत्न करता है, पीछे से एक योगी उसे पकड़ लेता है और कहता है, "क्यों भाई! मरने का विचार क्यों करता है? बड़ी मुश्किल से यह मानव जन्म मिला है, उसे अपघात करके नष्ट क्यों करना चाहता है?"

ब्राह्मण बोला, "मरने के सिवाय और कोई चारा नहीं है। घर में खाने-पीने का ठिकाना नहीं, नौकरी-धंधा भी कुछ नहीं, घर में जाऊँ तो औरत कहती है कि क्या लाए? तब क्या करूँ?" योगी बोला, "घबरा मत। मरने से तो उपाधि बढ़ती ही है, घटती नहीं।"

ब्राह्मण, "क्या करूँ, मुझे तो कुछ सूझता नहीं है।" योगी, "तेरा तो भाग्य ही ऐसा है—स्वर्ग से देवेंद्र भी क्यों न आ जाएँ, पर तेरी किस्मत पलट नहीं सकती। ले, मैं यह पारस मणि देता हूँ। सात दिन का समय है, इससे तू लोहे को छुएगा तो वह सोना हो जाएगा। याद रखना सातवें दिन सूर्य डूब जाएगा, तब यह मणि मिट्टी का ढेला बन जाएगी।'' ब्राह्मण घर आया। लोहे को मणि से

छुआ तो वह सोना हो गया। उसने वह सोना बेचकर लोहा लेना शुरू किया। गाँव का सारा लोहा खरीद लिया। इसमें तीन दिन निकल गए। अब वह और लोहा खरीदने बंबई आया। यहाँ से भी यह लारियों में लोहा भरकर अपने गाँव भेजा। तीन दिन बंबई में भी निकल गए। सातवें दिन वह टैक्सी करके अपने गाँव के लिए रवाना हुआ। टैक्सी बीच में ही पंचर हो गई। अब वह क्या करे? आज का ही दिन बाकी है। टैक्सी वाले से वह बोला, "जल्दी करो, जल्दी करो। मुझे बहुत जरूरी काम है।" टैक्सी वाला जब उसे घर पहुँचाया, तब तक सूर्य डूब जाता है और रात हो जाती है। योगी की दी हुई मियाद पूरी हो जाती है। वह पारस मणि को ढूँढ़ता है, पर वह तो मिट्टी का ढेर बन चुकी होती है। सारा लोहा वैसा ही पड़ा रह जाता है।

बंधुओ! वह ब्राह्मण लोहा ही इकट्ठा करता रहा। उसमें ही उसने सारा समय निकाल दिया। अगर वह उस पर पारस मणि का स्पर्श भी करता जाता तो वह लोहा सोना बन जाता। पर वह तो सब एक साथ करना चाहता था। उसे पारसमणि से कुछ लाभ नहीं मिला।

□

100

मनोबल

राजा का एक हाथी था, जिसे राजा बहुत प्रेम किया करता था। सारी प्रजा का भी वह प्रिय पात्र था। उसकी प्रिय पात्रता का कारण उसमें अनेक गुण थे। वह बुद्धिमान एवं स्वामिभक्त था। अपने जीवन में उसने बड़ी यशोगाथा प्राप्त की थी। अनेक युद्धों में अपनी वीरता दिखाकर उसने राजा को विजयी बनाया था। अब वह हाथी धीरे-धीरे बूढ़ा हो गया था। उसका सारा शरीर शिथिल हो गया, जिससे वह युद्ध में जाने लायक नहीं रहा।

वह एक दिन तालाब पर पानी पीने गया। तालाब में पानी कम होने से हाथी तालाब के मध्य में पहुँच गया। पानी के साथ तालाब के बीच में कीचड़ भी खूब था। हाथी उस कीचड़ के दलदल में फँस गया। वह अपने शिथिल शरीर को कीचड़ से निकाल पाने में असमर्थ था। वह बहुत घबराया और जोर-जोर से चिंघाड़ने लगा। उसकी चिंघाड़ सुनकर सारे महावत दौड़े। उसकी दयनीय स्थिति को देखकर वे सोच में पड़े कि इतने विशालकाय हाथी को कैसे निकाला जाए? आखिर उन्होंने बड़े-बड़े भाले भौंके, जिसकी चुभन से वह अपनी शक्ति को इकट्ठी करके बाहर निकल जाए, परंतु उन भालों ने उसके शरीर को और भी पीड़ा पहुँचाई, जिससे उसकी आँखो से आँसू बहने लगे।

जब यह समाचार राजमहल में राजा के कानों में पड़ा, वे भी शीघ्र गति से वहाँ पहुँचे। अपने प्रिय हाथी को ऐसी हालत में देखकर राजा के आँखों से आँसू बह निकले। कुछ सोचकर राजा ने कहा, "बूढ़े महावत को बुलाया जाए।" बूढ़े महावत ने आकर राजा को सलाह दी कि हाथी को बाहर निकालने का एक ही तरीका है कि बैंड लाओ, युद्ध का नगाड़ा बजाओ और सैनिकों की कतार इसके

सामने खड़ी कर दो। राजा ने तुरंत आदेश दिया कि युद्ध का नगाड़ा बजाया जाए और सैनिकों को अस्त्र-शस्त्र के साथ सुसज्जित किया जाए। कुछ ही घंटों में सारी तैयारियाँ हो गईं। जैसे ही नगाड़ा बजा और सैनिकों की लंबी कतार देखी। हाथी को एकदम से स्फुरणा हुई और वह एक ही छलाँग में बाहर आ गया। नगाड़े की आवाज ने उसे भूला दिया कि मैं बूढ़ा हूँ, कमजोर हूँ और कीचड़ में फँसा हूँ। नगाड़े की आवाज ने उसके सुप्त मनोबल को जगा दिया। युद्ध के बाजे बज जाएँ और वह रुका रह जाए, ऐसा कभी नहीं हुआ था।

जीव में मनोबल ही श्रेष्ठ है। जिसका मनोबल जाग्रत् हो गया, उसको दुनिया की कोई भी शक्ति रोक नहीं सकती। जो मन से ही कमजोर है, वह किसी भी क्षेत्र में सफल नहीं हो सकता।

□

101

सत्य दृष्टि

किसी नगर में एक सेठ रहता था। उसके पास लाखों की संपत्ति थी और भरा-पूरा परिवार था। सब तरह की सुख-सुविधाएँ थीं। अभाव न किसी वस्तु का था, न व्यक्ति का। इतना सबकुछ होते हुए भी उसका मन हमेशा अशांत रहता था। कोई-न-कोई चिंता उसके मन में बनी रहती थी।

कुछ दिन तो उसने अपने जीने का तरीका इस तरह से बनाया कि जो भी इच्छा मन में जाग्रत् होती, वह उसकी पूर्ति कर लेता। परंतु एक चाह की पूर्ति दूसरी चाह पैदा करके ही दम लेती थी। अत: थोड़े दिनों में उसकी चिंता और भी बढ़ती चली गई।

जब दिनोदिन उसकी सेहत गिरने लगी तो लोगों ने मिलकर उसे सलाह दी कि आपकी बीमारी को कोई वैद्य या डॉक्टर ठीक नहीं कर सकेगा। यदि आप शांति पाना चाहते हैं तो अमुक साधु के चरणों में चले जाएँ, वह तुम्हें अवश्य मार्ग बताएगा। सेठ को लोगों की बात जँच गई। दूसरे ही दिन वह साधु के चरणों में पहुँच गया। श्रद्धाभाव से नमन करके उन्हें अपना कष्ट बताकर प्रार्थना की कि "महाराज! जैसे भी हो, मेरी अशांति दूर कीजिए।"

साधु ने उसकी बात ध्यान से सुनी और कहा कि अमुक नगर में एक बहुत बड़ा धनी रहता है, उसके पास जाओ, वह तुम्हें रास्ता बताएगा तथा शांति की विधि भी बता देगा।

सेठ ने सोचा, साधु उसको बहका रहा है। उसने साधु से कहा, "स्वामीजी! मैं तो आपके पास बड़ी आशा लेकर आया हूँ। आप ही मेरा उद्धार कीजिए।" लेकिन साधु ने दोबारा वही बात दोहरा दी।

संत-वचन तर्क से रहित होता है, यह सोचकर सेठ उस नगर की ओर रवाना हुआ। वहाँ पहुँचकर वह देखता क्या है कि उस धनपति का कारोबार चारों ओर फैला हुआ है। लाखों का व्यापार है और उस धनिक का चेहरा फूल की तरह खिला हुआ है। वह एक ओर बैठ गया और सोचने लगा, 'यह धनी, जो लाखों की माया में फँसा हुआ है, अनेकों झंझटों से घिरा हुआ है, अत: यह क्या मुझे रास्ता बताएगा?'

इतने में एक आदमी आया, उसका मुँह उतरा हुआ था। घबराते हुए उसने कहा, "मालिक! हमारा जहाज समुंद्र में डूब गया है और लाखों का नुकसान हो चुका है।"

उद्योगपति ने मुसकराकर कहा, "मुनीमजी, इसमें परेशान होने की क्या बात है? व्यापार में तो ऐसा होता ही रहता है।" इतना कहकर वह अपने साथी से उसी तरह बात करने लगा।

थोड़ी देर में एक दूसरा आदमी आया, जिसके चेहरे पर खुशियों की तरंगें थीं। वह बोला, "सरकार! रूई के दाम बढ़ गए हैं। हमें लाखों का फायदा हो गया है।"

धनिक ने कहा, "मुनीमजी! इसमें खुश होने की क्या बात है? व्यापार में तो ऐसा होता ही रहता है।"

सेठ को अपनी समस्या का समाधान मिल गया। उसने समझ लिया कि शांति का स्रोत वैभव में नहीं, अपितु मन की समता में है।

चाहते तो हम भी हैं कि मन में समता जागे। किंतु चाहने मात्र से समता नहीं आ जाएगी। समता साधना के लिए हमें अपने मन को मार्गदर्शन देना होगा कि जीवन में अच्छा-बुरा जो भी हो रहा है, वह अपने ही कर्मों का प्रतिफल है। इस तरह का चिंतन मन में समता दीप को प्रज्वलित कर सकता है।

□□□